KB018340

온후 퓨전 판타지 장편소설

WISHBOOKS FUSION FANTASY STORY

검은 사냥꾼 1

온후 퓨전 판타지 장편소설

초판 1쇄 찍은 날 | 2017년 12월 1일
초판 1쇄 펴낸 날 | 2017년 12월 8일

지은이 | 온후
펴낸이 | 예경원

기획 | 위시북스
편집책임 | 이규재
편집 | 이즈플러스

펴낸곳 | 예원북스
등록번호 | 제396-2012-000132호
등록일자 | 2012. 7. 25
KFN | 제1-188호

주소 | 경기도 고양시 일산동구 호수로 646-24 위너스21 II 빌딩 206A호 (우)10401
전화 | 031-819-9431 팩스 | 031-817-9432
E-mail | yewonbooks@naver.com

ⓒ온후, 2017

ISBN 979-11-6098-698-3 04810
      979-11-6098-697-6 (set)

※ 파본은 구입하신 서점에서 교환하여 드립니다.
※ 저자와 협의하여 인지를 붙이지 않습니다.
※ 이 책은 예원북스와 저작자의 계약에 의해 출판된 것이므로 무단 전재 및 유포, 공유를
   금합니다.
※ 이 도서의 국립중앙도서관 출판시도서목록(CIP)은 서지정보유통지원시스템 홈페이지
   (http://seoji.nl.go.kr)와 국가자료공동목록시스템(http://www.nl.go.kr/kolisnet)에서
   이용하실 수 있습니다.

거신 사냥꾼 1

온후 퓨전 판타지 장편소설

WISHBOOKS FUSION FANTASY STORY

거신
사냥꾼

CONTENTS

서장
프롤로그

인생은 선택의 연속이라고들 말한다.

하지만 결과가 정해져 있다면 그 '선택'에 무슨 의미가 있는 걸까?

'발악이지.'

세상은 멸망을 향해 달려가고 있었다.

나는 그 멸망의 시기를 늦추고자 노력했다.

수십, 수백 번 죽었어야 할 전장에서 살아남았으며, 앞을 가로막는 모든 적을 베었다.

그러자 어느 순간부터 영웅이라고 불렸다.

최후의 영웅, 오한성.

데몬로드의 강림을 막아선 유일한 사람이 나였기 때문에.

하지만 데몬로드는 시작에 불과했다. 더욱 강력한 괴물들이 심연 속에 웅크리고 있었다.

종말은, 처음부터 정해져 있었던 것이다.

게다가 적은 심연의 괴물들만 있는 게 아니었다.

내부의 적.

악의 교단 알레테이아(alētheia).

"서(Sir). 저곳이 알레테이아 교단의 성지입니다."

산들이 우거진 곳.

거대한 탑 하나가 보였다.

나는 고개를 끄덕였다.

드디어 이 기나긴 술래잡기도 막을 내리게 되는 것이다.

"10년이 걸려서 드디어 찾았습니다. 명령만 내려주십시오."

휘이이!

거친 바람이 불어왔다.

나는 하늘을 나는 거대한 배, '방주'에 탑승한 채로 느지막하게 말했다.

그런 내 뒤로 천여 명의 은빛 기사가 정렬해 있었다.

알레테이아. 괴물을 길러 인류를 습격하는 벌레 같은 놈들. 저곳을 소탕하면 적어도 인류의 보존 기간이 1년은 늘어날 것이었다.

오늘, 놈들을 멸한다.

"모두…… 쓸어버리도록."

나는 배의 난간에서 지상으로 몸을 내던지며 말했다.

하늘까지 닿은, 창을 닮은 탑의 내부.

수천 명의 시체로 탑을 쌓고, 그 가장 위에 마치 예수처럼 양손에 못을 박고 서 있는 남자가 한 명 보였다.

주변의 사제들은 원을 그리고 서서 기도를 외우는 중이었다.

"크로노스께서 우리를 허락하셨다! 그런데 네깟 놈이 우리를 막을 수 있을 것 같더냐!"

온갖 괴물을 도륙하며 탑의 안쪽으로 들어온 나를 향해 제사장이 소리쳤다.

그들의 주적인 내가 이곳에 도착했음에도 자신감이 넘쳤다. 나는 곧 저 자신감의 원천을 깨닫게 됐다.

쿠르르르릉!

크아아아아아아!

거대한 날개를 흔들며 제단의 지하에서 검은색 용 한 마리가 튀어나왔다.

마룡!

나는 혀를 찼다.

이 미친놈들은 끝내 용마저 길들인 모양이다.

마룡이라면 용종 중에 가장 강력한 종이었다. 나와 기사들만으로는 대적이 힘들 정도로.

'나는 죽지 않는다.'

하지만 나는 고개를 저었다.

고작 마룡에게 죽을 팔자였다면, 일전에 강림한 데몬로드를 상대하며 죽었을 것이다.

그러나 나는 죽지 않았다.

그렇다면 이번에도 죽지 않을 터였다.

스릉!

오른손에 검을 들었다.

왼손으로는 사원소의 마법을 순환시켰다.

"기다려라."

제단의 중심에 묶여 있는 남자.

나를 기억하고, 내가 기억하는 마지막 친구, 민식이.

녀석을 향해 말했다.

녀석이 저기에 있는 이유가 대충은 짐작이 갔다.

알레테이아의 중간 간부. 산 제물로 선택된 인간!

꿈틀!

내 목소리를 들은 것인지 민식이의 몸이 반응했다.

저거면 족하다. 살아 있으면 충분했다.

"마룡이여! 저 이단자를 죽여라!"

치지지지직!

제사장의 말이 끝남과 동시에 내 손에 번개의 기운이 모였다.

마룡의 약점은 전기류와 관련된 힘이었다.

그것을 검에 합치자, 검 전체에 전류가 흐르며 미쳐 날뛰기 시작했다.

'나는, 죽지 않는다.'

나는 마룡을 향해 도약했다.

전신이 피로 물들었다.

정신도 날아갈 것만 같았다.

마룡을 쓰러뜨리고, 사제와 제사장을 모두 죽였을 때, 나를 따르는 은빛의 기사들은 반도 채 남지 않았다.

그래도 이겼다.

의식은 중단되었다.

하지만 내 눈은 착잡하게 타들어 갔다.

의식의 중심에 묶여 있던 남자, 민식이에게 다가가 녀석의 상반신을 들었다.

'지독한 저주. 살 수 없겠군.'

나를 따르는 이들 중에는 상처를 회복할 수 있는 능력을 지닌 자도 더러 있었다. 하지만 민식이의 심장에 새겨진 크로노스의 인을 보는 순간 고개를 저었다.

마(魔)가 제대로 끼었다. 이만한 저주는 나조차 본 적이 없었다. 교단의 광신도들은 왜 민식이를 제물로 삼은 걸까?

"미안…… 미안하다……."

민식이의 목소리였다.

다행히 살아 있었다. 하지만 꺼지기 직전의 촛불과 같았다.

"뭐가 그렇게 미안하지?"

"전부. 우리의 신께서 시간을 되돌리면 너와 같은, 너보다 더 위대한 영웅이 꼭 되고 싶었는데……."

"지나간 시간은 되돌릴 수 없다."

"그럴지도…… 모르지."

민식이가 힘겹게 미소를 지었다.

나는 웃을 수 없었다.

"너는 아직 죗값을 치르지 못했다. 지금 죽는 건 너무 불공평해."

원래는 착한 녀석이다.

하지만 알레테이아에 귀의한 뒤 녀석은 변했다.

직접 괴물을 길렀고, 사람들을 습격했다.

동정의 여지는 없었다.

민식이가 손을 뻗어 내 뺨을 어루만졌다. 마지막 유언을 전하듯.

"만약에 다시 태어나면…… 다시는 후회하면서 살지 않을 거야. 내가 저질렀던 죗값…… 모두 갚을 거다."

나는 답하지 않았다.

그러자 민식이가 계속해서 말했다.

"한성아…… 너는 내 우상이고 영웅이었다. 언제나 네가 부러웠어. 너무 부러워서 죽도록 미울 만큼."

이해한다. 희망이 없음에 썩어들어 가는 내 속과는 별개로 자신과 대비되는 삶을 사는 친구가 부러워 보였을 수도 있겠지.

"다 바보 같은 짓이었는데. 정말…… 미안……."

툭!

손이 떨어졌다.

숨이 멈췄다. 심장도 멎었다.

친구가…… 죽었다.

"한성아, 크로노스께서 시간을 되돌리실 거다. 나는 돌아갈 거야. 돌아가서 너와 같은 영웅이 될 거야."

"나라고 이런 곳에 들어오고 싶었겠냐? 나라고 너처럼 빛나고 싶지 않았겠냐고! 하지만 한성아, 나같이 아무것도 없는 놈이 이 미친 세상에서 살아남으려면 다른 선택지가 없었어."

민식이를 마지막으로 보았던 5년 전.

녀석은 악당이었다.

흔히 말하는 중간 보스. 가장 애매한 위치의 존재.

당시의 녀석은 말했다.

크로노스를 떠받들고 모든 걸 바치면 과거로 돌아가 무한한 영광을 얻는대나.

꿈 같은 소리 그만하고 정신 좀 차리라며 타박을 했지만, 영웅이 되고자 하는 마음만큼은 그대로인 것 같았다.

"……그래. 꼭 돼라."

나는 조심스럽게 민식이의 몸을 내려놨다.

"대장님."

고개를 돌리자 피로 얼룩진 제복을 입은 한 남자가 서 있었다. 그의 검엔 털과 살점 따위가 묻어 있었다.

"빠르게 주변의 괴물들을 구제하고 돌아가야 합니다. 대통령께서 호출하셨습니다."

"대통령 누구?"

인상을 구겼다.

"세계정부 대통령 존 브로스 님입니다. LA에 나타난 레벨 9 규모의 재해를 막아달라고 부탁하셨습니다. 코드 네임 '안다니우스'가 발동된 상태입니다."

알레테이아의 성지를 공격한 지 얼마나 됐다고 또 다른 지령이 내려왔다.

세상은 무저갱이었다. 쉴 틈 따윈 없었다.

나는 피식 웃고 말았다.

"레벨 9? 3시간이면 LA가 증발하겠군."

"농을 하고 있을 시간이 없습니다. 레벨 9 규모의 재해를 막을 수 있는 사람은 유일 영웅 '오한성'밖에 없습니다."

"기다리라고 해."

"지금 이 순간에도 수많은 인명의 피해가."

"나 말고도 많잖아! 산의 울음 불름, 검신 아르켄, 성녀 사리아! 놈들한테 부탁하라고 해."

"다 죽었지 않습니까."

아아. 그랬지.

영웅이라 칭할 수 있는 존재는 이제 나뿐이었다.

데몬로드.

과거 놈의 강림에서 다 죽었다. 500명의 영웅 중에 나만 남았다.

욕지거리가 나오려는 걸 참았다.

순간 머리가 차갑게 식었다.

"……서로가 걸어간 길은 달랐지만, 나를 기억하는 마지막 사람이었다. 부모님이 돌아가시고, 한국이 멸망하고, 이젠 이놈뿐이었는데."

세상에 홀로 남은 기분이 이러할는지.

미쳐 버린 세상. 나 또한 미치고 싶었다.

나는 주검이 된 민식이의 시체를 바라봤다.

'멍청한 녀석.'

어렸을 적부터 알고 지냈다.

천성적으로 착해 빠진 녀석이었건만.

민식이가 쥐고 있던 반지를 빼앗았다.

죽어가는 와중에도 이것만큼은 계속해서 쥐고 있었다.

그러고 보면 녀석은 항상 이 반지를 자기 자신처럼 애지중지 여겼다.

'영웅. 까짓 게 뭐라고.'

나는 다시 돌아갈 수 있다면 영웅 따윈 안 할 거다.

억지로 웃는 게 괴물을 죽이는 것보다 힘들다는 걸 녀석은 알까?

"가지."

자리에서 일어났다.

마지막 영웅으로서 그 의무를 다해야 했기에.

후우우우!

크게 숨을 내뱉었다.

울컥!

동시에 피를 토해냈다.

반쯤 망가진 심장이 격하게 뛰었다.

하늘까지 닿는 뱀의 형상, 안다니우스를 제거하는 데에는
성공했지만 나도 크게 당했다.

죽음.

언제나 준비했지만 여전히 와닿지 않는 단어.

'가는 날이 장날이라더니.'

하필이면 민식이의 죽음을 확인한 날 동시에 죽게 될 줄
이야.

하반신이 날아갔다.

심장이 반쯤 망가진 데다 상반신만 남은 상태에선 제아무
리 나라도 살 수가 없다.

마른 웃음을 흘렸다.

아마도 내 죽음을 확인한 순간 사람들은 난리가 날 거다.

어쩌면…… 미뤄둔 절망이 한꺼번에 복리 이자처럼 불어
나서 찾아올 수도 있고.

그래도 뭔가 홀가분했다.

나는 모든 것을 놓았다.

거대한 무게가 순간 느껴지지 않게 됐다.

성한 건물 하나 없이 수많은 인구가 모두 사라진 죽음의 대지에, 나는 잠시 몸을 눕혔다.

이윽고 눈을 감자.

슈아아앙!

품속에 있던 반지가 빛을 뿜었다.

머리가 아팠다.

강렬한 햇살에 나는 눈을 떴다.

"이게 무슨……."

동시에 당황할 수밖에 없었다.

주변 환경이 익숙하다.

정리 안 된 책상, 온갖 쓰레기가 굴러다니는 바닥, 오랫동안 환기를 안 한 듯 퀴퀴한 냄새, 컴퓨터와 수많은 컵라면 그릇.

내 기억이 정확하다면 이곳은 내 방이었다.

족히 십수 년 전 잃어버린 나만의 장소!

'꿈인가?'

뺨을 꼬집었다.

아프다. 감각이 있다.

하지만 내 몸에 잠재되어 있던 강력한 힘들은 증발한 듯 전혀 느껴지지 않았다.

이런 적은 처음이었다.

분명히 죽음을 인지했건만.

사후 보여주는 환상 같은 것일까?

'아니.'

고개를 저었다.

죽음은 끝이다. 모든 종말을 뜻했다.

적어도 나는 그를 확신한다. 레벨 10의 재앙, 수많은 영웅이 죽었던 '데몬로드'의 강림에서 나는 죽음 뒤를 확인할 수 있었던 것이다.

무(無). 끝없는 허무!

고로, 지금 내가 겪고 있는 건 환상 같은 게 아니다.

게다가…….

'반지.'

왼쪽 손에 반지가 끼워져 있었다.

민식에게서 가져온 반지다.

반지엔 원래는 보이지 않았던 육망성이 각인되어 있었는데 묘한 기운이 스며 있는 듯싶었다.

'빠지지 않는다.'

힘을 줘도 반지는 꿈쩍 안 했다.

마치 저주처럼 검지를 포박하고 있었다.

"돌아…… 왔다고?"

짧은 침묵.

정상적인 상황과는 거리가 멀었다.

하지만 나는 금세 침착함을 되찾았다.

'2015년 3월 2일.'

책상 위에 놓인 핸드폰의 폴더를 열어 날짜를 확인했다.

2015년 3월 2일.

아!

나는 탄식했다.

돌아왔지만 과거의 끔찍한 기억마저 사라진 건 아니었던 것이다.

'어머니, 아버지.'

이날을 나는 기억한다.

정확히는 이날로부터 10일 전의 일을 기억한다.

교통사고였다. 두 분은 함께 일터에서 돌아오던 와중 음주 운전 차량에 의해서 사고가 났다.

뉴스에 날 정도로 커다란 사고.

연쇄 추돌이었고 부모님의 차는 형체를 알아볼 수 없을 정도로 찌그러졌다.

내…… 생일이었다.

차에선 평소 그렇게 갖고 싶다고 노래를 부르던 축구화가 발견되었다.

'시간을 돌려주셨지만, 진정으로 제가 원하는 건 주지 않으셨군요.'

천장을 올려다봤다.

그래 봐야 대답이 들려올 리 없겠지만.

신은 잔혹하다. 결코, 희망만을 주지 않는다.

끼이익!

그 순간이었다.

반쯤 열린 문틈 사이로 누군가가 비집고 들어온 건.

"한성아!"

나는 조금 놀라고 말았다.

찾아온 이는 민식이였다.

그런데 내 기억에 부모님이 돌아가시고 몇 달간은 민식이가 나를 찾아온 적이 없었다.

'내가 욕을 하고 쫓아버렸으니까.'

사고가 난 그날. 찾아온 민식이를 향해 꺼지라고 주먹을 휘두르던 게 나다. 다시는 연락하지 말라고 폭언을 퍼부었다.

그때는 너무 어렸으니까.

그 뒤로 나는 전학을 갔다.

민식이와 다시 만난 건 세상이 요지경이 된 후.

한데…… 녀석은 나를 보더니 왈칵 눈물을 쏟아냈다.

그러고는 내 양어깨를 부여잡으며 오열을 했다.

"한성아, 미안하다. 내 간절함이 조금 더 강했더라면, 제대로 돌아와서 사고를 막을 수 있었을 텐데."

정말 미친 듯이 울었다.

나는 손을 반쯤 올리고선 잠시 고민하다가 녀석의 등을 두드려 줬다.

그러자 오열 끝에 민식이가 겨우 고개를 들곤 말했다.

"걱정 마. 앞으론 내가 다 할 테니까. 넌…… 넌 그냥 두고만 봐. 내가 도와줄게. 알았지?"

"그게 무슨……."

"그리고 절대로 양 아저씨네 따라가지 마. 그 개새끼들, 다 네 보험금 노리는 족속들이니까. 알았지? 절대로 따라가면 안 돼!"

무언가에 쫓기듯 민식이가 문을 나섰다.

나는 인상을 구길 수밖에 없었다.

녀석이 남긴 말.

그 말들은 지금 상황에서 절대로 나올 수 없었던 것들이기 때문이다.

마치 미래를 알고라도 있다는 듯이.

순간, 나는 민식이가 죽었던 그 장소를 떠올렸다.

크로노스, 시간의 신.

거대한 의식이 행해지고 있었던 알레테이아의 성지!

'시간과 관련된 의식이었단 말인가?'

하지만 분명히 의식은 막았다. 사도들을 다 죽이고 제사장의 목까지 베었다.

머리가 차게 식었다.

나는 왼쪽 손에 끼워진 반지를 바라봤다.

본래는 민식이의 것이었다.

죽기 직전 반지가 빛났다. 내가 돌아온 건 분명히 이 반지와 연관이 있을 것이다. 또한 반지의 주인인 민식이와도 연관이 있을 터였다.

'민식이도 돌아왔다.'

더 정확히 말하자면.

'민식이의 회귀에 내가 딸려 들어온 거로군.'

1장
친구 따라 회귀했다

숨을 크게 들이마셨다.

상황을 인지하고 받아들이는 데 걸린 시간이 길지는 않
았다.

아직 바깥의 해는 떠 있었고, 내 심장은 어느 때보다 열렬
하게 뛰는 중이었다.

나는 어질러진 방의 의자에 앉았다.

이어 리모컨을 들고 TV를 틀었다.

−소개합니다. 데뷔와 동시에 세간을 뜨겁게 달아오르게 한 그
그룹! 솜사탕처럼 달콤한 소녀들, 달콤하니!

동시에 어린 11명의 소녀가 등장해 귀여운 동작으로 춤을
췄다.

수많은 이가 열광했고, 나도 거기서 눈을 떼지 못하고 있었다. 하지만 다른 이들이 열광하는 이유와는 조금 달랐다.

나는 저 소녀 그룹을 기억하고 있었다.

이후 나오는 다른 아이돌이나 가수들 역시.

'2015년 3월이 맞다.'

재차 확인한다.

지금의 나는 시간의 흐름 속에 표류 중이었다.

신중하게 생각하고 선택하여 앞으로의 흐름을 만들어야 한다.

나는 머릿속에 필기장을 꺼내고 기록을 새겼다.

'진짜 기록으로 남기는 건 위험하니까.'

아직 아무것도 정리된 게 없었다. 민식이도 함께 회귀했다면 또 다른 위험 요소가 존재할지 모르는 일이다.

때문에 머릿속에만 남겨야 했다.

우선…… 2015년 3월 2일.

부모님이 돌아가신 지 10일째.

나이는 19살. 고등학교 3학년.

딱히 잘난 거 없는, 축구를 좋아하는 고등학생.

이후 집에 틀어박혀 폐인으로 생활하는 중이었다.

'그러고는 양 아저씨네 호적에 이름을 올리고 2년간 지냈지.'

민식이의 말마따나 보험금을 노린 양 아저씨란 사람에게 귀속되어 2년을 보냈다. 현대판 콩쥐팥쥐가 따로 없었다.

하지만 그것도 2년뿐이었다.

2년 뒤, 세계는 변한다.

심연으로 연결되는 문과 괴물들의 존재가 수면 위로 드러나는 것이다.

나는 운 좋게 마검사로서 각성했고, 정부 기관에 발탁되어 영웅으로의 길을 걷기 시작했다.

'그러나 이미 문은 열렸다.'

그때는 몰랐다. 그러나 최후의 영웅이라 불린 나다. 당연히 세계의 온갖 비밀을 알고 있었다.

문은 이미 열렸다. 2015년, 이맘때에.

누군가가 고의로 은폐하거나 숫자가 적어서 발견되지 않았을 뿐.

'말인즉…… 나는 2년의 시간을 번 셈이다.'

괴물과 인간 각성자들. '초인'이라 불리는 이들이 대두되는 건 2년 뒤다. 그러나 지금 이 순간에도 극소수지만 그들은 존재하고 있었다.

물론 자각하지 못하고 있을 수도 있다.

특정 조건을 채워 초인이 되었다고 한들, 괴물을 사냥해야만 그 능력을 키울 수 있는 탓이다. 막 각성한 상태에서는 힘이 조금 세지는 정도에 불과했다.

반면 나는 2년이 늦었지만 각성한 뒤 누구보다 빠르게 성장할 수 있었다. 그 성장의 배경에는 내가 얻은 '마검사' 클래스가 주효하게 작용했다.

그런데 2년이 더 빠르다?

더욱 높은 곳까지 도약할 수 있는 발판이 생긴 셈이었다.

'마법과 검의 경지를 동시에 드높일 수 있는 클래스는 마검사밖에 없다. 그러나 마검사는 어느 방면에서도 극의에 다다르지 못해.'

나는 잠시 과거 내가 가진 힘에 대해 고민했다.

마검사. 두 가지 힘을 다루기에 엄청난 속도의 성장이 보장된다.

그러나 시간이 지날수록 한계가 드러났다. 최후의 영웅이 되었지만, 결국 진정한 최후에는 닿지 못했다.

나는 턱을 쓸었다.

돌아왔으니, 내가 걸어갈 길을 택해야 한다.

'문은 이미 열렸고 얻고자 한다면 다른 숨겨진 클래스들을 얻지 못할 것도 없다.'

인구가 밀집된 곳일수록 심연으로 향하는 문은 더욱 많이 열린다.

당연히 2015년의 한국에도 문은 이미 열려 있었다. 나는 그곳이 어디인지 안다.

하지만 당장은 마음이 내키지 않았다.

'민식이. 녀석이 같이 돌아왔단 말이지…….'

민식이는 착했다.

힘든 사람이 있으면 지나치질 못하고, 아이가 울고 있으면 사탕부터 건네주는 게 녀석의 심성이었다.

게다가 그 흔한 야한 동영상 하나 안 볼 정도로 순수했다.

그런데 세계가 요지경이 되고 놈은 신흥 이단 종교 알레테이아의 중간 간부로 모습을 드러냈다.

신흥 이단 종교, 알레테이아!

괴물들을 사육하고 인간을 죽이던 악의 축.

변명할 여지가 없다.

그런 곳의 중간 간부가 되었다는 뜻은, 이미 손에 수없이 피를 묻혔다는 뜻이다.

더 이상은 순수하지 않다는 이야기다.

그런데도 나를 찾아왔다. 헐레벌떡 달려와선 껴안았다.

과거의 우정을 새롭게 다져 나가고 싶다는 뜻일까?

'새로운 인생, 새로운 우정이라.'

성지를 공격하기 전에도 몇 번이나 알레테이아를 소탕하려는 시도는 했었다. 그리고 세 번째 시도에서 민식이를 만났을 때, 녀석은 내가 빛난다며 부러워하고 자신의 처지를 비관했다.

시간을 되돌려 영웅이 될 거라고.

나와 같은, 나보다 더 위대한!

아이처럼 울어서 차마 죽일 수 없었다.

오줌을 지리며 뒷걸음치는 민식이의 심장에 검을 꽂지 못했다.

'냉정하게 생각하자.'

지금의 나를 과신하지도, 과소평가하지도 않았다.

민식이가 내가 함께 돌아왔다는 걸 알게 되면, 최악의 경우 녀석이 나를 향해 칼을 빼 들 수도 있는 노릇이었다.

내가 가진 정보들은 기밀이 아닌 게 없었으므로.

그것들을 온전히 다룰 수 있는 건 나 자신뿐이었다.

영웅이 되고자 한다지만, 이미 한번 악에 발을 들였던 녀석이니.

'만약에 민식이만 돌아온 게 아니라면?'

무엇보다 이게 가장 걸린다.

크로노스의 힘을 빌려 정말로 그곳의 신자들이 과거로 돌아왔다면?

그들을 몇 번이나 소탕하려 든 나는 알레테이아의 주적이다. 성지까지 발을 들였으니 제거 대상 1순위일 테다.

하여, 나는 상황의 추이를 살필 필요가 있었다.

민식이와 알레테이아의 신자들이 연결되어 있을 수도 있었다.

나와 민식이만 돌아왔다는 편견 자체를 깨야 했다.

누군가가 내 동선을 감시하고 있을 수도 있는 노릇이다.

모든 상황, 최악의 경우까지 상정하고 움직이자.

'한동안은 연기를 해야겠군.'

부모님을 여의고 슬퍼하는 10대의 소년을 말이다.

환기 한 점 안 되는 공간에서 컵라면만으로 배를 채우며 5

일을 더 보냈다. 언제 누가 어떠한 방식으로 나타날지 몰라서 세수도 안 했다.

초췌하기 짝이 없는 얼굴.

물론 만일을 대비해 몇 개의 간단한 함정 따위도 설치해 둔 뒤였다.

'당장 나를 지켜보는 눈은 없다.'

며칠간 조심, 또 조심하며 살핀 결과다.

모자를 푹 눌러쓰고 편의점을 가는 척 몇 번이나 주변을 확인했으나 그러한 낌새조차 없었다.

감시자가 없다면 활동의 폭도 넓어진다.

이후 TV와 인터넷으로 세상의 변화를 포착하려 애썼다.

'눈에 띄는 변화도 없다.'

5일간 전화가 온 곳은 몇 곳 없었다.

모두 받지 않았다. 대신 TV의 뉴스나 인터넷을 더욱 각별하게 살폈다.

일단 눈에 띄는 이변은 없었다.

내가 기억하는 한도 내에선 말이다.

'알레테이아의 신자 다수가 돌아온 건 아닌가?'

확정을 짓지는 않았다.

그저 가능성의 하나로 두었다.

놈들은 과격하다. 다수가 돌아왔다면 하나쯤 이변이 생겼을 것이었다.

후루룩!

다 먹은 컵라면의 국물을 들이켰다.

5일 내내 컵라면만 먹었다. 지겨울 법도 하지만 개의치 않았다.

내가 현역으로 활동할 때에는 대부분의 공산품이 생산 중단되어 컵라면도 나름 귀중품의 대열에 올라 있었다.

물론 먹고자 하면 먹을 수 있었지만, 최후의 영웅은 모두의 귀감이 되어야만 했다.

괴물을 죽인 뒤 단상에 올라 억지로 웃는 게 가장 곤욕스러운 시간이었을 정도니까.

그러니 나는 한 달 동안 컵라면만 먹어도 괜찮았다.

툭툭.

그때였다.

바람결에 흔들리는 것처럼 창문 바깥으로 연결해 놓은 실이 움직였다.

나는 즉시 시선을 돌려 컴퓨터 옆의 작은 손거울을 바라봤다.

손거울은 문 바깥의 복도를 비추고 있었다. 누군가가 다가오면 바로 확인할 수 있도록 연결해 놓은 것이다.

'양 아저씨와…… 그 딸이로군.'

양 아저씨. 정확한 이름은 양만우. 그 딸의 이름은 양은하였다.

본래는 어렸을 적부터 아버지와 같이 일하던 사람이었다. 집에도 자주 찾아왔고 자주 대작을 했던 거로 기억한다.

양만우는 문 앞을 서성이더니 이윽고 외쳤다.

"한성아! 문 좀 열어라. 응? 언제까지 틀어박혀 있을 셈이야?"

쾅쾅쾅!

양만우는 거침이 없었다.

"걱정돼서 경비원한테 열쇠도 받아 왔다. 네가 안 열면 내가 열고 들어가마."

끼이익!

하는 수 없이 내가 문을 열었다.

이윽고 초췌해진 내 얼굴을 본 양만우가 한숨을 푸욱 내쉬었다.

그러고는 양팔을 넓게 벌려 나를 껴안았다.

"이놈아, 이 녀석아. 왜 이렇게 미련하냐? 응? 그래도 밥은 잘 먹고 지냈어야 할 거 아니냐. 죽은 사람이 다시 살아 돌아오는 것도 아닌데, 산 사람은 살아야지."

툭! 툭!

전방위로 압박하며 강하게 등을 때렸다.

"일단 들어가자. 들어가서 얘기하자. 할 얘기가 많다."

내 의사는 중요하지 않다는 듯 그가 문 안으로 들어왔다.

양만우는 그런 사람이었다. 남의 의사 따윈 전혀 듣지 않는.

양만우의 딸인 양은하도 조심스럽게 뒤를 따랐다. 이제 막 고등학년 2학년 정도로 보이는 소녀는 객관적인 기준에서도 굉장히 예뻤다.

시원시원하게 큰 키에 검은색 긴 생머리가 잘 어울리는 전형적인 미인상. 핫팬츠에 티셔츠 한 장만 걸쳐도 지나가는 대다수 남자가 눈을 돌릴 법한 미소녀.

　TV에서 봤던 달콤하니 등의 아이돌과 견주어도 손색이 없었다.

　'기억나는군.'

　양만우는 자주 봤지만 양은하는 몇 년 만에 봤다.

　아마도 중학생 때 이후로 처음 보는 것일 테다.

　당시의 나는 마치 절망 속에 피어난 한 송이 꽃을 보는 기분이었다.

　그런 반응을 의도하려고 양은하를 데려온 것이겠지만…….

　"아, 냄새."

　양은하는 방에 들어서자마자 인상을 찌푸리고 코를 부여잡았다. 그러고는 내 얼굴을 보며 마음에 안 든다는 표정을 지어 보였다.

　도도한 소녀였다.

　아마도 자의로 이곳을 찾아온 건 아닐 것이다.

　양만우에 의해서 끌려왔으리라. 의도는 뻔했다.

　"은하야, 네가 이해해라. 한성이는 지금 많이 어려울 시기다. 이럴 때일수록 우리가 더 잘 보듬어줘야 하지 않겠니?"

　"아빠, 진짜 사람 사는 곳이 아닌데."

　"어허. 아, 한성아. 중학생일 때 본 적 있지? 내 딸아이다. 버릇은 조금 없지만 내심은 착한 아이야. 청소를 해주겠다고

36 검은사냥꾼 1

부득불 우겨대서 어쩔 수 없이 데려왔지 뭐냐.”

나는 잠시 소파에 몸을 기대고 앉았다.

과거의 나는 하염없이 양은하만 바라보고 있었다.

양만우는 그런 나를 어르고 달래서 자신의 뜻대로 움직이게 만들었다.

생명보험금과 물려받을 재산을 가져갈 속셈으로 말이다.

‘어찌할까.’

잠시 고민했다.

양만우의 검은 속내를 알아차리지 못하기엔 내가 너무 성숙하고 말았다.

어렸을 당시에는 그의 강압적인 말투와 행동이 무서워 어쩔 수 없이 따랐지만 지금 그러기엔 양만우가 무척이나 작고 허술해 보였다.

나보다 못한 이에게 끌려다니는 건 자존심 상하는 일이다.

회귀 전의 나였다면 이런 무례한 자를 결코 가만히 두지 않았을 터다.

문제는 여전히 나의 선택으로 말미암아 바뀔 미래였다.

내가 다른 선택을 할 경우 생길 변화들.

‘일단은.’

양은하를 바라봤다. 살짝 넋을 놓은 것처럼.

그런 시선을 이해한다는 듯 양은하가 도도하게 움직였다.

그녀는 가장 먼저 고무장갑을 끼고 그릇을 닦았다. 물론 그냥 물만 묻히는 수준이고 가사를 거의 안 해본 듯 솜씨는 형편없었다.

그런 내 얼굴을 보고서 양만우가 득의에 찬 미소를 지어 보였다.

"한성아, 언제까지 이 넓은 집에 혼자 있을 순 없는 노릇 아니겠느냐? 뒤는 내게 맡기고, 일단 우리 집에 들어가자. 너한테 무슨 일이 생기면 내가 네 아비 볼 낯이 없다."

"……."

"세상은 험하다. 너는 울타리가 필요해. 아저씨가 이제 든 든한 울타리가 되어주마. 네가 바란다면 나를 아빠라고 불러 도 좋다."

양만우는 내 가정사를 자세하게 알고 있었다.

고아인 아버지, 격렬한 반대에도 불구하고 아버지와 결혼 한 어머니.

덕분에 외가와도 연락을 끊고 살아서 장례 때에도 나를 데 려가려는 친척은 없었다.

세상에 홀로 남았으니 자신의 손을 잡으리라고 그는 생각 하는 것 같았다.

나는 최대한 말을 아꼈다.

사실 그의 말은 거의 귀에 들어오지 않았다.

단지 저울질을 해보고 있을 뿐이다.

승낙하면 나는 자유를 잃는다.

반대하면 그 변화를 민식이가 읽을 것이다.

그런 내 표정을 '긍정'으로 착각한 양만우가 이어서 말했다.

"원한다면 은하랑 같은 학교로 전학도 보내주마. 잘 챙겨 줄 거다. 은하가 한성이 너보다 한 학년 아래이긴 하지만 그 래도 친구가 많으니 어울리는 데 지장은 없을 게야."

확실히 양은하가 잘 챙겨주긴 했다. 머슴처럼 부려져서 문 제였지.

덕분에 제대로 공부할 시간도 없었고, 결국 대학도 못 갔 다. 물론 그다지 공부를 잘하는 편도 아니긴 했지만.

이미 5일 전부터 예상하고 있었던 일이다.

양만우와 양은하가 찾아올 걸 나는 이미 알고 있었다.

그리하여 어느 정도 결론을 내긴 했지만 마지막까지 신중 에 신중을 가하는 중이었다.

'나는 자유를 택하겠다.'

어쨌거나 계기는 있었다.

민식이가 회귀한 직후 나를 찾아왔던 게 꿈은 아닐 테니.

단지 그것을 어떻게 포장하느냐가 내게 주어진 숙제였다.

양만우는 자신 있는 표정이었다. 내가 이미 낚인 물고기라 생각하는 듯했다.

결론을 냈다.

나는 고개를 저었다.

"필요 없어요."

"……그게 무슨 소리냐? 필요가 없다니?"

양만우의 표정이 순식간에 굳었다.

약간의 노기마저 엿보였다. 그러나 내 의견에 변함은 없었다.

"저를 신경 써주실 필요 없어요. 제 앞가림은 제가 하고 싶어요."

양만우가 탄식했다.

"지금 네 꼴을 봐라. 그 꼴로 앞가림? 지나가던 거지가 비웃을 거다."

강압적인 말투와 눈빛.

그것들이 나를 향해 쇄도하고 있었다.

나는 그 눈을 피하지 않았다. 이왕지사 할 거라면 제대로 해야 한다. 그래야 다시는 들러붙지 않으니까.

"아저씨 말을 듣고 반성 많이 했어요. 누군가가 챙겨주지 않으면 위험할 정도로 제 상태가 말이 아니라는 걸요. 그렇죠, 산 사람은 살아야죠."

"너 혼자선 힘들다. 이럴 때일수록 뭉쳐야 해. 아직 해결 못 한 일이 수두룩한데 너 혼자 그것들을 다 할 수 있겠냐?"

양만우는 필사적이었다.

그는 큰 빚을 지고 있었다.

도박. 이 한 단어면 설명은 충분하리라.

그러니 내가 가진 돈이 무척이나 탐날 것이다.

"저 혼자 해보려고요. 보름 동안 많이 생각해 봤어요. 아저씨 말을 듣고 확신했네요. 아버지도, 부모님도 지금 이런 제 모습을 보면 많이 걱정하시겠죠?"

"그건……."

양만우의 눈빛이 흔들렸다.

올곧게 자신의 눈을 바라보는 내가 믿기지 않는다는 듯이.

보름 전 장례를 치를 때의 나와 지금의 나는 분명히 다른 사람이다.

"걱정해 주셔서 감사합니다. 이만 가보셔도 돼요. 청소도 제가 할게요. 보아하니 제대로 할 줄도 모르는 거 같은데."

양은하가 설거지를 멈추고 나를 쏘아봤다.

네까짓 게? 하고 묻는 것 같았다.

'어리군.'

나는 어깨를 으쓱했다.

소녀는 도도하고 예뻤다. 하지만 딱 거기까지였다.

나는 최후의 영웅이란 수식어를 달 만큼 인류에게 있어선 막강한 존재였다.

그녀보다 더한 미녀들을 숱하게 만났고 안아봤다.

그중에는 각지의 모델이나 톱스타들도 포함되어 있었다.

눈앞의 소녀 정도로는 내 마음을 움직일 수 없었다.

설령 움직인다 하더라도, 단순 외견만 가지고 끌리기에 나는 너무 많은 경험을 했다.

꿀꺽!

양만우가 마른침을 삼켰다.

"정말 괜찮겠느냐? 나는 네가 걱정돼서 그런다. 일단 물이라도 한 잔 마시고⋯⋯."

"이 이야기는 더 안 했으면 좋겠습니다."

"지금은 불안해서 그러는 게야. 은하야! 너도 같이 말해다오."

양은하는 코웃음을 치며 설거지를 중단했다.

고무장갑을 걸어놓고 차분하게 걸어와선 정확히 내 눈앞에 앉았다.

나를 앞에 두고도 다른 소리를 할 수 있겠냐는 듯.

은근하게 묻어나는 교태를 보면 남자 여럿 울릴 상이었다.

"같이 가요. 보아하니 친구도 별로 없는 거 같은데. 제가 친구 해드릴게요."

나같이 예쁜 여자애가 친구를 해준다는 걸 영광으로 알라는 것처럼, 별 감흥 없는 미소와 함께 양은하가 손을 내밀었다.

나는 내밀어진 손을 무시하며 말했다.

"친구가 많다고 꼭 좋은 건 아니더라고."

특히 앞으로 펼쳐질 세상에선, 친구를 잘 골라야 한다.

양은하가 던진 '친구'란 '노예' 혹은, '머슴'을 뜻한다는 것도 나는 알고 있었다.

무심하게 던진 말에 양은하의 눈썹이 치켜 올라갔다.

"그래도 혼자보단 낫지 않을까요?"

"차라리 혼자가 낫지."

나는 시선을 돌렸다.

명백한 무시의 의사다.

양은하가 뭐 이런 사람이 다 있느냔 표정을 지었지만 개의치 않았다.

양은하가 뭐라 하든 그런 건 내게 중요한 일이 아니다.

"아저씨, 지금 저 약 올리러 온 겁니까?"

"그럴 리가! 나는 순수한 의미로 너를 돕고 싶어서……."

"여기서 나가주시는 게 저를 돕는 길인 것 같습니다. 지금은 혼자 있고 싶네요."

명백한 문전박대였다.

양만우의 얼굴이 빨갛게 달아올랐다.

나는 쐐기를 박았다.

"조심히 가십시오. 나가는 문은 저쪽입니다."

양만우가 힘겹게 자리에서 일어났다.

설마 내가 이처럼 완고하게 반대하리라곤 생각지도 못한 모양.

"은하야, 가자!"

그러자 양은하가 홱! 나를 째려보곤 몸을 돌렸다.

쿵!

문이 닫혔고, 혼자 남은 나는 즉시 화장실로 향했다.

'일단 씻자.'

양만우와 양은하를 보냈으니 한 차례 고비는 넘긴 셈이다.

특히 양만우는 고집이 센 편이니 한동안 나를 괴롭힐 일은 없으리라.

이로써 어느 정도 자유는 보장됐다.

누군가의 감시도 없었다.

거울을 봤다.

보름간 씻지 않아 추레한 몰골이지만, 눈빛만은 살아 있었다.

이제야 돌아온 게 실감이 되었다.

미래는 바꿀 수 있다.

다음 날 늦은 저녁. 마치 약속이라도 한 것처럼 민식이가 집으로 찾아왔다.

대강 예상은 하고 있었기에 놀라진 않았다.

녀석의 몰골 또한 말이 아니었다.

옷은 찢어져 있었고, 머리는 산발이었으며, 전신이 모래투성이였다.

하지만 민식이는 나보다 더욱 놀란 눈으로 나를 보고 있었다.

"너⋯⋯."

"조난이라도 당했냐?"

"대체 어떻게 된 거야?"

내 깔끔해진 모습과 방의 풍경에 민식이는 동공을 마구 흔들어댔다.

"뭐가? 그러는 너야말로 어떻게 된 거냐?"

천연덕스럽게 물었다. 내가 봐도 완벽한 연기다.

사실 이 며칠간 민식이가 무엇을 했는지 대강 짐작은 갔다.

'각성을 하러 갔군.'

심연으로의 문을 찾았을 것이다.

각성 조건 중 하나가 바로 '문'과 접촉하는 것이었으니.

돌아온 걸 보면 성공한 듯싶었다.

슬쩍 시선을 돌려 민식이의 왼쪽 어깨를 바라봤다.

본래는 없었던 3개의 점. 그리고 가슴팍 주머니에 있는 낡은 양피지 하나.

저것들이 무엇을 말하는지는 명확했다.

'마검사. 마검사가 됐구나.'

놀라운 일이었다.

과거 내가 얻었던 마검사 클래스는 앞으로 2년 뒤에나 발견한 것이었고, 그 위치를 아는 사람은 극소수에 불과했다.

'나보다 위대한 영웅이 되고 싶다더니.'

다만, 마검사는 분명히 한계가 있는 클래스였다.

그건 마검사였던 내가 제일 잘 안다.

녀석이 나를 롤모델로 정했다는 느낌을 지울 수 없었다.

'동정이 가는군.'

내가 걸어간 길은 수라도다. 모두를 속이고 나 자신마저 속이는.

그 길을 과연 민식이가 걸어갈 수 있을까?

물론 나로선 환영이다. 녀석이 부각되면 나는 수면 아래에서 더욱 자유롭게 활동할 수 있으므로.

생각을 정리한 뒤 태연한 척 시선을 민식이에게 두었다.

그러자 민식이가 한 걸음 물러서며 말했다.

"설마, 너도……?"

"뭐라는 거야? 들어올 거면 들어오고, 말라면 말아. 지금 시간이 몇 시인데."

하아암!

나는 하품을 쏟아냈다.

그러고는 등을 돌렸다. 아주 무방비하게.

하나 나는 반대편에 둔 거울을 통해 민식이의 행동을 살피는 중이었다. 만에 하나 민식이가 달려들거든 즉시 반격을 행할 생각이었다.

'돌다리도 두드려 보고 건너야지.'

나도 믿고 싶다. 그러니 확인을 해야 했다.

악에 한번 발을 들였던 녀석이니 진심으로 반성하고 변하고자 하는지를, 자신의 죗값을 치르고자 하는지를 말이다.

'각성한 지 얼마 안 됐다.'

각성했다고 하더라도 고작 하루, 이틀.

일반인보다 조금 힘이 센 수준에 불과하다.

근접전으로 가면 경험이 많은 내가 아직은 유리하다.

내 무방비한 등을 보고 민식이가 고개를 갸웃했다.

그러고는 어정쩡한 걸음으로 집 안에 들어왔다.

약간의 경계심. 의심은 하지만 확신은 없는 상태.

나는 냉장고에 가는 척 걸어가며 자연스럽게 거울을 엎고는, 음료수를 꺼내 잔에 따랐다.

"그런데 무슨 일이야? 꼴이 왜 그래?"

"그냥, 잠깐 산에 갈 일이 있어서."

피식 웃었다.

"네가 산엘 갔다고? 운동도 싫어하는 녀석이 웬일이래."

음료수를 따른 잔을 건넸지만 민식이는 마시지 않았다.

녀석은 나보다 더 긴장하고 있었다.

"한성아, 너야말로 어떻게 된 거야? 왜 갑자기…….."

"그냥. 양 아저씨가 찾아왔었거든."

"……! 간다고 한 건 아니지?"

민식이가 크게 놀라 자리에서 일어났다.

단순한 걱정의 말로. 알레테이아의 광신도들이 보일 모습
은 아니다.

'다행이군.'

가식 없는 즉각적인 반응이었다.

적어도 민식이의 천성이 바뀐 건 아니라는 작은 증거쯤은
되리라.

나는 태연하게 받아쳤다.

"내가 거길 왜 가? 네가 말했잖아. 부모님 보험금 노리는
거라고."

"고작 그 한마디로…….?"

"그래서 자세히 봤거든. 그런데 네 말이 맞는 거 같더라.
양 아저씨가 아주 혈안이 되어 있더라니까? 내가 아는 모습

이 아니었어."

"……."

민식이가 입을 꾹 닫았다.

자신이 뱉은 한마디에 미래가 바뀌었다고 생각하는 걸까?

나는 이어서 말했다.

"내가 정신 안 차리면 그런 사람들이 더 찾아올 거 아니야? 난 부모님 걸 남들한테 하나도 내주고 싶지 않아. 그러니까, 고맙다. 예전에 때렸던 것도 미안하고. 그때는 제정신이 아니었다는 거 너도 알지?"

부모님의 장례를 치를 때 찾아온 민식이를 향해 폭력과 폭언을 한 것에 대한 사과였다.

화해의 손길을 내밀었다.

민식이는 살짝 멍한 표정을 지어 보였다.

녀석이 겪는 첫 번째 나비효과. 그를 눈앞에 두고 혼란스러워 하는 것일 테지.

멍한 그 표정을 보고 나는 손을 슬그머니 올렸다. 이어 머리를 긁적였다.

"아, 오글거려. 하여간 빨리 씻어라. 산이 아니라 집에서 쫓겨난 거 같은데 잘 곳 없으면 자고 가도 되고. 우리 사이에 괜히 숨길 필요 없어."

"그런 건 아닌데……."

민식이는 고민하고 있었다.

나의 변화를 두고 어떠한 결론을 내릴지.

이대로 깊게 생각하게 두면 결국 이상하다는 생각을 가지게 될 가능성이 있었다.

"그래? 그런데 그 종이는 뭐냐? 엄청 낡았네."

타악!

마검사의 상징, 낡은 양피지를 향해 손을 뻗자, 민식이가 빠른 속도로 내 손을 쳐냈다.

나는 눈썹을 찌푸리며 입을 열었다.

"아! 뭐하는 거야?"

민식이가 필사적으로 가슴팍을 숨겼다.

"이, 이건 안 돼."

"누가 뺏는데? 오버하긴."

"절대로, 손대지 마."

민식이의 표정이 공격적으로 변했다.

나는 양손을 들었다. 전혀 관심 없다는 제스처였다.

"알았다, 알았어. 웃기는 녀석일세."

이어 잠시 내 눈치를 살피던 민식이가 이내 헛기침을 내뱉곤 자리에 앉았다.

벌컥벌컥 잔에 내어준 음료를 마시더니 뒷주머니에서 무언가를 꺼냈다.

음료수를 마셨다는 건 경계가 한 차례 무너졌다는 의미다.

잠시 미소를 짓고 있자 민식이가 부적 한 장을 건넸다.

"그리고 이거…… 너 가져라."

"이게 뭔데? 부적?"

너스레를 떨었다.

민식이가 내게 건넨 종이엔 룬 문자가 새겨져 있었다.

바로 '실드(Shield)' 마법이 담긴 부적이었다.

자동으로 사용자의 몸에 위해가 가해지면 발동하는 마법진이 그려져 있었다.

초보자에게 있어선 더할 나위 없는 보물이다.

'자동 발현 마법이라니. 값진 걸 주는군.'

그냥 실드도 귀한데 자동 발현!

초보자는 구하고 싶어도 쉽게 구하지 못한다. 무려 목숨이 하나 여벌로 있는 셈.

민식이는 진지하기 짝이 없는 표정을 지어 보였다.

"잃어버리지 말고 가지고 있어. 이게 너를 한 번은 구해줄 거니까."

"설마 산에서 용한 무당이라도 찾은 거냐?"

"그런 건 아니고. 하여간 절대로 잃어버리지 마."

민식이가 원하는 바를 이뤘다는 듯 자리에서 일어났다.

"가게? 씻고 가지."

"됐어. 그보다…… 한성아, 나는 달라질 거야. 예전처럼 살진 않을 거야. 비틀어진 모든 걸 바로잡을 거다."

다짐이라도 하는 양, 녀석의 눈에서 진심이 읽혔다.

문득 회귀 직후 녀석이 했던 말이 떠올랐다.

"내 간절함이 조금 더 강했더라면, 제대로 돌아와서 사고를 막을 수 있었을 텐데."

막는다는 그 말.

어쩌면 민식이는 부모님이 사고를 당하기 전으로 돌아가고자 했을 수도 있었다.

그리하여 내 인생이 막장으로 치닫는 걸 막으려 한 것이다.

하지만 그러지 못했다.

녀석은 그래서 나의 허락을 구하고 있는 것이다.

자신이 바뀔 수 있을지 주저하며.

'마검사 클래스는 선물로 줬다고 생각해야겠군.'

녀석은 나름의 성의를 보였고, 덕분에 나도 과거로 돌아왔다.

그까짓 마검사 클래스쯤이야 선물로 줬다고 생각하면 그만이다.

녀석이 알레테이아로 귀화하지만 않는다면야.

"그래. 잘해봐라."

그러니 한 번만 믿자.

하지만 착각해선 안 된다.

내 믿음은 값비싸다.

만약 녀석이 잘못된 길로 걸어 들어가려 한다면…….

믿음을 배신하려 한다면.

정말로 죽일 거다.

단숨에 저 목을 꺾고, 손과 발을 분리해 개의 먹이로 줄 것이었다.

우뚝!

문을 나가려던 민식이가 잠시 멈춰 섰다.

"……고맙다."

3초가량 멈춰 있던 녀석은 다시 문을 열고 바깥으로 나갔다. 저 말을 듣고 싶었다는 듯, 문을 나서는 녀석의 어깨가 떨렸다. 민식이는 울고 있었다. 애써 참고 있는 모습이 눈에 훤했다.

나는 민식이가 나간 것을 확인하곤 고개를 끄덕였다.

'더 뒤처져 있을 순 없지.'

민식이가 움직였다.

적어도 내가 본 민식이는 진심이었다. 진심으로 영웅이 되고자 했다.

그것을 확인했으니 되었다.

이제는 움직일 때다.

마침 떠오른 게 있었다.

지난 며칠간 생각하고, 또 생각하여 마침내 도달한 결론.

수천, 수만의 클래스 중 모든 가능성을 검토하고 신중하게 다가가서 드디어 닿았다.

'이 세상에 숨겨진 열쇠들. 그 열쇠를 선택할 수 있는 힘.'

'문'은 판도라의 상자와 같다.

온갖 절망을 주었지만 희망도 함께 내보냈다.

그중 내 구미를 당기는 게 하나 있었다.

'에인션트 원.'

주인을 잃은 고대의 힘!

과거 그 힘을 지녔던 자는 잘못된 선택을 하여 스스로 파멸하고 말았다.

폭주했고, 그 파장만으로 거대 도시 하나가 날아갔다.

후에야 밝혀진 사실이지만.

에인션트 원은 거대한 힘의 덩어리이고, 무려 사용자가 클래스를 '만들 수' 있게 해준다.

다만 그 클래스가 에인션트 원의 '격'에 걸맞은 것이라야 무사히 사용자에게 정착하게 된다. 이전 사용자는 에인션트 원의 힘으로 '황제'가 되고자 했다.

황제. 고작 그 정도로는 에인션트 원의 힘을 온전히 담을 수 없다는 뜻이다.

당시 나는 에인션트 원의 힘을 이렇게 정의했다.

'신이 되진 못하지만 신을 죽일 수 있는 무기.'

문제는 이미지다.

확실하게 구상하고 구체적으로 나열해야 에인션트 원의 힘이 작동한다.

애매한 이미지로는 에인션트 원의 힘을 사용할 수 없다.

신? 본 적도 없고 어떠한 형식으로 구성되어 있는지조차 모르는데 어찌 선택할 수 있겠는가.

그나마 내가 아는 가장 강력한 괴물은 데몬로드였다.

놈의 살을 가르고 심장에 검을 꽂아봤으니 그와 연관된 클래스를 창조하는 건 가능하리라.

예컨대 데몬로드 학살자, 혹은 그 이상의 무언가. 적어도 황제보단 나을 터였다.

나는 고개를 끄덕였다.

길을 정했으니, 이제는 오로지 나아갈 때였다.

'내 직업은 내가 만든다.'

2장
전이

살육이었다.

느닷없이 출현한 괴물들, 느닷없이 출현한 데몬로드.

인간들은 적응했고 강해졌으나 그들 모두를 막는 건 역부족이었다.

특히…… 괴물들의 왕, 데몬로드는 그 격을 달리했으니.

인류 최강이라 일컬어지는 500명의 영웅이 달려들어 겨우 죽였다.

최후의 1인.

마검사 오한성, 바로 나에 의해.

거대한 심장에 검게 타오르는 검이 꽂혔다.

끝났다. 놈의 피를 전신에 흠뻑 뒤집어쓴 나는 생각했다.

이 빌어먹게 기나긴 전쟁도 드디어 끝이라고.

"나는 시작일 뿐이다."

바닥에 추락한 괴물들의 왕이 작게 읊조렸다.

놈을 따르던 500명의 창기병도, 영웅들을 농락하던 전율의 여왕도, 지금은 곁에 없다.

그럼에도 놈은 의기양양했다.

"너는 절망하리라. 앞으로 시작될 거대한 혼돈의 틈바구니에서 좌절하고 또 좌절하리라. 나는 낙오된 한 명의 왕일 뿐이니……."

동시에, 나는 심연 속을 보았다.

데몬로드가 마지막 힘을 이용해 자신이 본래 머물던 세계의 문을 살짝 연 것이다.

그리고 나는 압도되고 말았다.

전신이 떨리고 영혼이 바스러질 것만 같았다.

수없이 많은 괴물. 거대한 존재들.

정녕 끝이 아니었던가?

믿기지 않았다. 데몬로드 하나를 잡고자 수많은 것이 투입되었건만!

인류에게는 더 이상 뒤가 없었다.

끝이라고 생각하여 아끼지 않고 쏟아부었으니까.

그만큼 데몬로드의 존재는 세계를 위협하기에 충분한 수준이었던 것이다.

"유예의 시간 동안 헛된 희망 속에 살아라. 거짓의 탈을 쓴 인간이여."

데몬로드. 놈이 웃었다. 그리고 숨을 멈췄다.

나는 주변을 둘러봤다.

발치에 흐르는 핏물들.

다 죽었다. 죽음은 평등했다.

으스러지도록 주먹을 꽉 쥐었다. 눈물이 나오려는 것을 이를 악물고 참았다.

하지만 돌아가지 않을 순 없었다.

이 승전보를 알려야만 했다.

절망으로 얼룩진 인류에게 조그마한 희망이라도 전달하려거든.

그리고 그날부터…….

나는 웃었다. 말마따나 거짓된 가면을 썼다.

강력한 괴물들이 출몰하면 어김없이 출동하여 피에 물든 검을 들었다.

"최강이자 최후의 영웅, 오한성! 그가 있는 한 우리 인류는 안전합니다! 우리는 이길 수 있습니다!"

"오한성! 오한성!"

"아아, 감사합니다! 감사합니다!"

그리고 전투가 끝나면 나는 단상에 올라 손을 흔들었다.

조그마한 오차도 없게.

아주 작은 틈이 생기면 저들은 마음대로 해석하고 절망하려 들 테니까.

나는 저들에게 희망이었다. 등불이고 거센 파도였다.

짧은 유예 속, 영웅은 거짓된 가면을 쓰고 그저 웃었다.

지긋지긋하지만.

어차피 얼마 안 가 세상이 멸망하리란 사실은 나만 알고 있었다. 그러니 진정으로 좌절하는 건 나 하나면 족했다.

그때였다. 내 귀에 다른 이의 목소리가 들려온 건.

─오라, 내게 오라, 돌아오라…….

"허억!"

잠에서 깼다. 머리가 어지럽고 식은땀이 줄줄 흘렀다.

동시에 인상을 마구 구겼다.

'개꿈을 꿨군.'

하필이면 과거를 두루 살피는 꿈이라니. 이런 개꿈도 또 없을 것이다.

침대에서 일어나 주방으로 향했다.

물을 한 잔 벌컥 들이마신 뒤 마지막에 들렸던 목소리를 떠올렸다.

'그 목소리는 뭐였지?'

눈살을 찌푸렸다.

익숙한 목소리였다. 하지만 목소리를 떠올릴 때마다 머리가 지끈거리며 아파왔다. 분명히 익숙한데, 어디서 들어본 목소리임엔 분명한데, 다시금 떠올리자니 즉시 희미해져 가는 것이다.

평범한 현상은 아니다.

'회귀하며 생긴 부작용인가?'

오라, 내게 오라, 돌아오라…….

어디로 돌아오라는 뜻인지.

애당초 돌아갈 곳이 있긴 한 건가?

혀를 차곤 환청으로 치부했다.

나는 이내 고개를 저으며 베란다의 커튼을 펼쳤다.

높게 뜬 태양. 눈이 부셨다.

벌써 점심 무렵인 모양이었다.

쿵쿵쿵!

순간 누군가가 대문을 두드렸다.

"택배입니다! 오한성 씨 댁 맞으십니까?"

나는 크게 기지개를 켜곤 희미하게 미소 지었다.

'드디어 도착했군.'

문으로 향하기 위한 모든 준비물.

과거 잃어버린 문명의 이기란…….

특히 그중에서도 인터넷은 정말 편리한 것이었다.

등산용 배낭 하나, 손전등과 초콜릿과 같은 고칼로리의 식
품 몇 가지, 편한 운동화, 방한이 잘되는 옷가지 등을 준비한

뒤 나는 택시에 올랐다.

"아저씨, 북한산이요."

북한산. 그곳에 '문'이 열렸다.

물론 문은 하나가 아니다. 민식이가 마검사 클래스를 구했다면, 녀석이 향한 곳은 북한산이 아니라 한라산일 것이다.

아니라면 고작 며칠 만에 다시 돌아올 수 있을 리 없으니까.

문이 열렸다고 하더라도 당장 괴물이 튀어나오진 않는다. 왜인지는 모르겠지만 괴물들은 순차적으로 등장했다.

약한 놈부터 천천히.

우리는 어떠한 '법칙'이 적용된 것이라고 추측할 뿐이었다.

'아무리 약한 괴물이라도 인간의 살점 따위는 가볍게 찢어발긴다.'

나는 문 안쪽으로 들어갈 작정이었다.

그래야만 '에인션트 원'의 힘을 얻을 수 있으므로.

진짜 심연 안으로 들어가는 건 아니고, 집으로 비유하자면 신발장까지만 들어갈 셈이었다.

그곳에 숨겨진 길을 따라가다 보면 망가진 제단들이 나온다.

그중 하나가 '에인션트 원의 제단'이었다.

'제단을 복원하는 방법은 주어진 시련을 해결하는 것.'

제단마다 내려주는 시련은 다르다. 나는 에인션트 원의 제단이 어디 있는지는 알지만, 그곳의 시련이 무엇인지까진 알지 못한다.

가봐야 안다.

하지만 과거 에인션트 원의 힘을 얻었던 사람도 아무런 능력 없이 시련을 해결했다고 했다. 그렇다면 나라고 불가능할 리 없었다.

30분가량을 움직이자 곧 커다란 산봉우리 하나가 시야에 들어왔다.

북한산. 평일이고 이른 시간이라 그런지 사람은 몇 없었다.

"감사합니다. 여기요."

현금을 내고 택시에서 내렸다.

선선한 봄바람이 주변에 살랑거렸다.

푸른 내음 가득한 이곳이 설마 지옥의 입구일 것이라곤 아무도 생각하지 못할 것이다.

나는 신발의 끈을 제대로 묶고 산에 오르기 시작했다.

'많이 바뀌었군.'

산책이라도 하는 기분으로 주변을 둘러봤다.

'문'의 주변엔 항상 절망이 소리친다. 푸름 따위는 눈 씻고 찾아봐도 보이지 않았다. 모든 산이, 대지가, 바다가 오염되고 생물들은 절멸해 나갔다.

때문에 이런 환경이 오히려 내겐 낯설었다.

'아직은. 아직까지는.'

2년. 그 시간이면 많은 걸 이룰 수 있다. 바꿀 수 있다.

민식이가 정말 영웅의 길을 걷겠다면 나로선 감사한 일이었다.

어쨌거나 영웅은 필요한 법.

사람들을 이끌고 앞장서 줄 영웅은 시대를 막론하고 존재해야 했다.

다만 내가 다시 그 역할을 맡긴 싫을 뿐.

'문은 계속해서 장소를 옮긴다.'

북한산 안쪽에서 '문'은 시시각각 위치를 바꾼다.

이제 막 열렸으니 작은 동물 따위에게 기생하고 있을 터였다. 그 동물을 사냥하면 잠깐 진짜 문이 나타난다. 문이 다른 동물에게로 전이되기 전에 들어가면 된다.

'문을 쉽게 찾을 수 없는 이유이기도 하지.'

그러나 그것도 앞으로 2년까지다.

괴물들이 본격적으로 나타나기 시작하는 2년 뒤엔 '문'이 고정된다.

마치 게이트처럼 거대한 암흑을 드러내며 심연 속에서 꾸역꾸역 괴물을 뱉어내는 것이다. 그때엔 들어가고 싶어도 쉽게 문 안쪽으로 들어갈 수 없다.

나는 정해진 길을 이탈해 산속 깊은 곳으로 들어갔다.

이어 가방에서 새총을 꺼냈다.

'작은 동물을 사냥하는 데 새총만큼 적절한 무기도 없다.'

적은 힘으로 살상을 하는 데 가장 뛰어난 무기 중 하나가 새총이다.

가격도 싸고 구하기도 쉽다. 돌멩이가 아니라 새총 전용 쇠구슬까지 구할 수 있다면 나름 궁수의 역할을 할 수 있게 되는 셈이다.

내가 구한 새총은 직경 9.52㎜짜리 강구도 고정이 가능한 종류였다.

요령만 있으면 큰 힘 들이지 않고도 이 새총 하나로 살을 뚫고 뼈도 부술 수 있다.

쉬이이!

푹!

연습 삼아 새총에 쇳덩이를 걸고 당겨봤다.

목표했던 나뭇가지가 뚝! 하고 떨어졌다.

"실력이 녹슬진 않았군."

마검사가 됐지만 무기를 구하지 못해 가장 먼저 사용한 게 새총이었다. 근접전을 펼치자니 겁도 조금 났고, 활은 양궁 선수가 아닌 한 시간이 너무 오래 걸렸기 때문이다.

고블린 정도는 새총으로도 사냥할 수 있었다.

사정거리가 짧다는 게 흠이긴 하지만 그건 순발력의 문제이고.

나는 자화자찬과 함께 몇 번 더 연습을 한 뒤 다시금 자리를 옮겼다.

'어디 보자.'

'문'은 작은 동물에게 빙의되어 있을 가능성이 높았다.

또한 문은 마치 성장하듯 시간이 지날수록 인간을 제외한 더욱 큰 동물에게 옮겨 가며, 보통 2년에서 3년 정도가 지나면 전이를 멈추고 온전히 완성되어 특정 장소에 뿌리를 박는다.

그 문으로 통하는 길은 모두가 다르다.

괴물이 있는 장소, 보물이 있는 장소, 용암으로 떨어지는 장소 등등.

그리고 북한산에 있는 '문'은 여러 무너진 제단이 존재하는 곳이었다. 그 '문'을 찾기 위해선 문과 빙의된 작은 동물을 찾아야 했다.

다행히 조류는 아니다. 간혹 조류와 연관된 문도 존재했지만 북한산 일대에서 발견된 문은 분명히 고정되어 있었다.

'문과 빙의된 동물은 변이를 일으키지.'

찾는 게 어렵진 않다. 발견하기만 하면 즉시 특정이 가능하다.

동물을 추적하는 법 정도야 진즉에 익혔으니.

'찾기 전에 하산은 없다.'

마음을 독하게 먹었다.

나는 과거 독종으로도 유명했다. 한번 물면 결코 놓지를 않았다.

그런 끈기가 있었기에 데몬로드를 죽였고, 알레테이아를 거의 궤멸 직전까지 몰아붙일 수 있었던 것이다.

이번에도 마찬가지.

문을 찾기 전엔 결코 하산하지 않을 작정이었다.

나는 주변 수풀이 우거진 곳들을 중심으로 작은 동물의 흔적을 쫓기 시작했다.

이틀에 걸쳐 산을 조사한 결과 몇 가지 정보를 얻을 수 있었다.

첫째, 북한산 일대에는 야생동물이 매우 많다는 것.

둘째, 작은 동물의 종류로는 토끼, 다람쥐, 오소리, 너구리, 청설모, 고슴도치 등이 있다는 것.

셋째, 기다란 손톱에 찢겨 죽은 동물이 유독 많다는 것.

넷째, 최근에 설치된 덫이 많다는 것.

첫째나 둘째는 푸른 산지에선 당연한 일이었지만, 셋째와 넷째가 걸린다.

특히 넷째.

'단순히 동물을 사냥하기 위함인가? 아니면?'

덫은 산 곳곳에 있었다. 특히 최근 한 달 사이에 설치된 것이 압도적으로 많았다.

엽사나 불법으로 들어온 사냥꾼들이 존재한다는 말.

아니면…… 혹시 모르는 일이다. 아직도 나는 알레테이아의 신자들이 같이 회귀했을 수 있다는 가능성을 버리지 못했다.

그래서 최대한 흔적을 지우며 그들을 찾는 중이었다.

만약에 그들이 노리는 게 '문'일 경우, 교전을 각오해야 한다.

다행히 지금 내겐 새총이 있었다.

각성하고 얼마 지나지 않았을 경우 충분히 할 만한 싸움이 이뤄질 것이다.

하지만 그들이 엽총이나 공기총 등을 소지하고 있다면?

'골치 아파지겠지.'

지금 이 몸으로는 한계가 있었다.

총알을 피하는 재간도 몸이 받쳐 줘야 가능한 일.

새총으로 살상이 가능한 반경은 기껏 해야 20m 전후. 엽총의 사거리는 이 두 배에 달한다.

그래도 승산이 아예 없진 않았다.

그들은 내 존재를 모르고 있었다.

반대로 나는 그들이 이 산 어딘가에 있음을 안다.

기습 등을 행하면 승산은 충분했다.

나는 내가 지나온 흔적을 지우며, 최대한 그들의 흔적을 쫓았다.

그다지 어려운 일은 아니었다.

그들은 누군가가 자신을 쫓으리란 생각을 전혀 안 해서인지 흔적을 지우지 않았던 것이다.

덕분에 반나절이 더 걸려 발견할 수 있었다.

'세 명.'

작은 텐트를 치고 세 명이 모여 앉아 버너로 라면을 끓이는 중이었다.

남자고 나이는 삼십 대에서 사십 대 사이.

낯선 얼굴들이었다. 적어도 알레테이아의 고위 간부는 아니다.

알레테이아 특유의 '광신도'적인 느낌도 없었다.

나는 나무 그늘 뒤에 잠복하며 그들의 이야기를 엿들었다.

"아, 미치겠네. 형님! 언제까지 산에 더 있어야 됩니까?"

"황금 청설모를 찾을 때까지! 그놈만 잡으면 돈방석에 앉는 건 금방이다."

"그래서 그놈이 정말 있긴 있어요? 한 달 내내 찾아다녔는데 몸통은커녕 꼬리도 못 봤지 않습니까."

"사진 봤잖냐. 세상에 그렇게 아름다운 건 처음 봤다. 막황금 털이 반짝거리는데."

"됐어요. 한 번 더 들으면 귀에 딱지 앉겠네."

두 명이 열띤 대화를 나누는 사이, 한 명이 라면 접시에 젓가락을 들이댔다.

"형님들, 싸우지들 말고 들어요. 후딱 잡고 내려가게. 그래도 진전이 있긴 하지 않소?

가장 큰형으로 보이는 턱수염이 까슬하게 올라온 남자가 헛기침을 내뱉었다.

"그러니까 며칠만 더 고생하자. 놈은 분명 인수봉 근처에 있을 거다."

"마지막으로 믿어봅니다, 진짜."

대화는 소강상태에 접어들었다.

그들은 빠르게 라면을 흡입하기 시작했다.

그리고 나는 그 뒤편에서 미소를 짓는 중이었다.

뜻밖의 소득. 흔적을 쫓길 잘했다.

'황금 청설모라!'

알레테이아의 신자들은 아니었다.

다만 어쩌면 그들이 쫓는 게 '문'과 관련되어 있을지도 모르겠다.

'문'을 품은 동물은 변이를 일으킨다. 우선 육안으로 확인 가능한 건 크기나 색깔 등이다. 외에는 민첩해지고 힘이 강해진다.

산 곳곳에 놓인 짐승의 시체들이 기다란 손톱에 의해 살육된 것을 확인했다. 말을 들어보면, 저 '황금 청설모'가 범인일 가능성이 무척 높았다.

'황금색이면 에인션트 원의 제단이 있는 문의 색깔이다.'

진지하게 저들의 이야기를 듣고 있었던 이유다.

'문'을 품은 동물은 문의 종류에 따라 색깔을 달리하는데, 총 여섯 가지 색깔 중 하나를 갖는다.

황금색, 주황색, 보라색, 파란색, 하얀색, 검은색.

황금색은 주로 고대 유적과 이어지는 문이고, 주황색은 특별한 무언가가 있는 문, 보라색은 강력한 괴물, 혹은 거짓된 신이 기거하는 장소이며, 파란색은 이종족이 살아가는 장소였다.

대부분은 그냥 하얀색이다.

색깔을 가진 문은 매우 적었다.

특히 황금색이나 주황색은 없다시피 했다.

그리고 마지막, 검은색은 심연 깊숙한 곳으로 통한다. 절대로 들어가서는 안 되는 문이다. 실제로 들어간 사람 중 살아 돌아온 이는 전무했다. 아마도 데몬로드와 같은 존재들이 검은 문 너머에 있을 것으로 추정되고 있었다.

다만 약간 의문인 건.

'죽은 동물 사체가 너무 많아.'

아무리 변이를 일으켰다고 하더라도 청설모. 어지간한 야수에 버금가는 힘을 가졌던들 산 곳곳에 묻힌 그 많은 사체는 설명이 되지 않는다.

놈은 사냥한 대상을 땅에 묻었지만 내 눈까지 속일 순 없었다.

엄청난 살해 욕구였다. 인간을 습격하지 않은 게 용했다.

처음엔 멧돼지 같은 것에 깃든 줄 알았다.

그래서 의문을 느끼고 범위를 넓혀 조사하는 중이었는데, 청설모라니.

'이상 변이.'

혹시 일반적인 변이가 아닌 걸까?

그렇다면 오히려 저들을 만난 게 다행일 수도 있었다.

이상 변이를 일으킨 동물은 그야말로 괴물이다. 혼자서 처리하기긴 어렵다.

'황금 청설모는 인수봉 근처에 있다.'

그래도 가장 큰 소득은 위치를 특정했다는 것.

인수봉은 화강암 암벽으로 이뤄진 봉우리였다.

그 근처라면 내 예상 범위 안이다. 인수봉 주변도 의심이 갔었는데, 저들로 말미암아 확신을 할 수 있었다.

이상 변이의 위험이 있긴 하지만……

나는 고개를 끄덕이곤 열심히 라면을 먹는 삼인방을 바라봤다.

'미안하지만 너희가 미끼가 되어줘야겠다.'

인수봉 근처라고 하더라도 범위가 작지는 않았다.

하지만 황금 청설모의 흔적들을 찾아낼 순 있었다.

다른 청설모보다 커다란 발자국. 놈이 분명했다.

하루 전부를 그 흔적을 쫓는 데 사용했다.

'놈은 엄청난 욕구를 품고 있다. 인수봉 근처엔 개미 새끼한 마리도 보이질 않아.'

황금 청설모. 놈의 살해 욕구는 상상 이상이었다.

그러나 놈은 제법 똑똑했다. 사람을 습격하지 않고, 사냥한 대상을 땅에 파묻었다.

아무리 그래도 욕망을 모두 참지는 못하는 모양이었다.

'유인을 해야겠는데.'

놈의 집으로 쳐들어가서 정면으로 부딪치는 것보단, 유인하여 내가 원하는 장소에서 싸우는 편이 훨씬 낫다.

가장 좋은 건 삼인방과 조우하게 만드는 것이고.

삼인방은 나와 반대로 돌며 덫을 깔고 있었다. 변이를 일으킨 청설모가 그런 덫 따위에 걸릴 리는 만무하지만.

그들이 그런 식으로 시간 낭비를 하고 있는 사이에 나는 짐승을 사냥을 하여 '피'를 모았다.

그러고는 두 개의 페트병 안에 짐승의 피를 종류별로 모아서 마구 섞었다.

온갖 신선한 피가 뒤섞이자 미묘한 풍미를 풍겼다.

놈의 욕구를 제대로 자극하기 위한 방편이었다.

'준비는 끝났다.'

이어서 페트병의 뚜껑을 닫아 냄새가 새어 나가는 걸 방지한 뒤 저녁이 되기를 기다렸다.

"아오, 피곤해."

"좀 자자. 내일부턴 놈을 몰아야 하니."

"흐아아아암!"

저녁이 되자 삼인방은 금세 곯아떨어졌다.

하루 종일 덫을 설치하고 주변을 살피느라 체력을 다 쓴 탓이다.

나는 기척을 죽인 채 그들의 텐트로 다가갔다.

이 주변은 황금 청설모가 다니는 길의 중심이다. 이변이 일어나면 바로 놈이 눈치를 챌 터. 특히 피 냄새에 아주 환장을 할 것이었다.

두 개의 페트병 중 하나를 열고 그대로 텐트 주변에 부었다.

나머지 하나는 텐트 입구에 묶어두었다. 삼인방이 텐트를 열고 나오면 그대로 쏟아지도록 아슬아슬한 각도를 유지하면서 말이다.

캬아–!

캬아아아—!

머지않아 날카로운 소리가 귓가를 꿰뚫었다.

잔뜩 흥분한 짐승의 목소리는 조금씩 가까워지고 있었다.

"무, 무슨 소리야?"

"야! 일어나. 뭐가 온다."

"씨…… 머리는 왜 찹니까? 대체 뭐가 오는데요?"

잠에서 깨어난 삼인방이 혼비백산했다.

이내 그들은 총기류를 들고 텐트의 입구를 열었다.

콰라락!

"어억!"

"가, 갑자기 물이 왜 떨어져!"

"피! 물이 아니라 핍니다! 어떤 새끼가 장난친 거 같은데요?"

페트병에서 떨어진 피가 그들의 몸을 적셨다.

삼인방은 욕지기를 내뱉었다. 하지만 그 상황이 오래 지속되진 않았다.

"잠깐…… 저건 또 뭐냐."

큰형으로 보이는 남자가 눈을 깜빡이며 말했다.

아스라이 달 하나만 떠 있는 어둠 속에서 두 개의 눈동자가 나타난 것이다.

나는 그늘 속에 숨어 그 광경을 바라보고 있었다.

이윽고 삼인방 중 한 명이 손전등을 들어 청설모를 비췄다.

우선 어른 허리까지 오는 엄청난 크기. 강철도 잘라낼 듯 날카로운 손톱은 결코 일반적인 청설모라 할 수 없었다.

놈은 코를 킁킁대며 삼인방이 풍기는 피 냄새를 맡는 중이 었다.

삼인방은 떨떠름한 표정을 지어 보였다.

"형님, 청설모가…… 원래 저렇게 큽니까? 사진보다 더 커 보이는데요."

"저놈이 분명하다. 봐라, 어둠에서도 빛나는 황금빛 털을! 잡다가 경매에 붙이면 대박이다!"

"위험해 보이니까 마취총으로 기절부터 시키죠."

"그래. 그러자."

철컥!

삼인방이 일제히 엽총 대신 마취총을 장전하고 청설모를 겨눴다.

일촉즉발의 상황.

'황금색…… 이라고?'

그 상황 속에서 나는 의아함을 느꼈다.

당황하기도 했다.

'왜 내 눈엔 검은색으로 보이는 거지?'

삼인방은 황금색이라고 말했지만 내 눈엔 검은색으로 보였던 것이다.

이런 현상은 들어본 적조차 없었다. 보는 이에 따라 색깔을 달리하는 문이 존재한다는 현상을 말이다.

하나…… 간단히 넘어갈 문제는 아니었다.

검은색은 심연으로 통하는 문을 뜻했다.

데몬로드가 검은색 문을 열고 모습을 드러냈으니.

그 악랄한 악마는 한국을 멸망시킨 뒤 499명의 영웅을 죽였다.

감히 절대로 손대서도 안 되고, 쳐다봐서도 안 되는 문의 종류가 검은색이었다.

그 순간이었다.

거대한 청설모가 고개를 돌려, 몸을 숨긴 나를 바라봤다.

까맣게 물든 눈동자와 내 눈이 마주친 찰나 전신에 전기가 오르듯 전율이 일었다.

동시에.

　

—오라, 내게 오라, 돌아오라······.

　

아!

목소리가 들렸다.

　

—오라, 내게 오라, 돌아오라······.

　

마치 주문 같았다.

나는 머리를 부여잡았다. 거대한 고통이 파도처럼 밀려들어 왔다.

육체가, 정신이 조각날 것만 같은 고통!

캬아아아!

청설모는 피 냄새를 풍기는 삼인방 대신 나를 노리고 달려들었다.

나라는 이변을 반드시 없애야 한다는 것처럼.

─오라, 내게 오라, 돌아오라……!

[영혼 동화가 완료됐습니다.]
[일시적 영혼 전이가 시작됩니다.]
[남은 시간 2,880분]
[진실을 보는 제3의 눈 '심안'이 개화했습니다.]
[외부의 충격으로부터 사용자를 보호하고자 보호의 주문이 발동됩니다.]

각성하지 않은 지금, 결코 보일 리 없는 메시지.
"쏴!"
타아아앙!

무언가에 빨려 들어가는 기분이었다.
다시 눈을 뜨자 보던 환경이 달라졌다.
배경도, 인물도, 모든 것이 일반적이지 않았다.
"아아, 아버지! 드디어! 드디어 눈을 뜨셨군요!"

누군가가 내 발을 붙잡고 있었다.

나는 고개를 숙였다. 시선의 밑에서 여섯 장의 날개를 가진 묘령의 아름다운 여인이 내 발을 붙잡고 있었다.

환희의 표정.

하지만 뭔가 이상하다.

이 높이. 이 신체. 적어도 '인간'과는 거리가 멀었다.

이질감이 있었다. 내 몸이 아닌 그런 느낌.

하물며 내 다리를 붙잡고 있는 여인은 나도 익히 아는 존재였다.

'전율의 여왕!'

할 말을 잃었다.

인류를 농락한 데몬로드.

놈의 오른팔이 바로 전율의 여왕이었다.

불처럼 타오르는 붉은 머리칼과 세상의 것이 아닌 듯 아름다운 외모는 그녀의 '잔인함'과 비례하고 있었다.

저 손에 백이 넘는 영웅이 죽었다.

심장을 뽑히고, 난도질을 당했다.

나는 아직도 그 광경을 잊지 못한다. 그 생생한 좌절을!

"너무 오랫동안 잠들어 계셨습니다. 이제부터 제가 아버지를 모실게요."

전율의 여왕이 사뿐히 물러나 한쪽 무릎을 꿇었다.

뭐지? 환상이라도 보는 건가?

인간을 벌레 보듯 보는 그녀가 어찌하여 내게 무릎을 꿇는

단 말인가.

잠시 후 그녀가 지극히 정중한 태도로 입을 열었다.

"꿰뚫어 보는 자. 나의 로드이시여!"

뭐라는 거야?

아무리 나라도 지금과 같은 상황을 예견할 순 없었다. 상상조차 못 한 일이 눈앞에서 벌어지는데 당황하지 않을 사람은 없을 것이다.

그리고 뭐?

꿰뚫어 보는 자. 나의 로드?

마음 같아선 그쪽의 머리를 꿰뚫어 보고 싶은데…….

전율의 여왕.

정확히 말하자면 '전율과 학살의 여왕'이라 이름 붙은 그녀.

냉혹하고 냉정하던 그녀가 저런 충성심이라니.

나는 눈동자가 흔들리려는 걸 막으며 애써 담담한 몸짓을 취했다.

촛불 몇 개로 밝혀진 어두컴컴한 방. 거대하기 짝이 없으나 쓸쓸함마저 느껴지는 이곳에서 나는 상황을 정리하고자 부단히 노력하고 있었다.

"왜 대답이 없으신지요? 아아, 설마?"

내가 한동안 대답이 없자 고개를 갸웃하던 전율의 여왕이 이내 자신의 실수를 깨달은 듯 놀란 표정을 지어 보였다.

그러고는 벌떡 일어나 소리쳤다.

"너희의 주인께서 깨어나셨다! 뭐 하느냐? 당장 소집하지 않고!"

표독스러운 표정. 나를 바라볼 때와는 전혀 다른 얼굴이다.

이윽고 멀리 있는 거대한 문이 열리며, 500기의 기병이 모습을 드러냈다.

그들을 본 나는 작게 탄식했다.

오…… 주여.

전율의 여왕뿐만이 아니었다.

데몬로드를 따르던 500기의 창기병. 놈들이 분명했다.

용의 뼈로 만들어진 죽음의 말을 타고, 온 나라를 휘젓던 극악무도한 놈들!

잠시 꿈을 꾸는 건가 했다.

"저…… 로드시여."

전율의 여왕이 은근슬쩍 나를 바라봤다.

확실히 인간이나 창기병을 볼 때와 나를 볼 때의 그녀는 온도 차가 있었다.

하지만 지금 전율의 여왕은 눈치를 보고 있었다.

아마도 내가 침묵하는 게 그녀의 마음을 건드린 모양.

"죄송합니다. 오랫동안 전쟁을 치러온 탓에…… 이 '심연'에 남은 병력은 이들이 전부랍니다. 혹시 실망하셨나요?"

"거울을."

"예?"

나는 두말하지 않았다.

그러나 입을 열고도 내심은 놀라고 있었다.

목소리도 달랐다. 의문은 점점 확신이 되어가고 있었다.

마지막 확인이 필요했다.

잠시 내 말을 되새기던 전율의 여왕이 고개를 끄덕였다.

"아아, 거울! 알겠습니다."

차악!

그녀가 중지와 엄지를 부딪치자 거대한 공간이 허공에 생겨났다.

아공간(Demi-plane)!

본래는 현실에 존재하지 않는 공간, 독립된 세계를 뜻하는 단어이며 마법이다.

인류 중에서도 그 공간을 다룰 수 있는 자는 손에 꼽았다.

전율의 여왕은 그것을 손가락을 부딪치는 것만으로 소환한 것이다.

안은 어쩐지 거의 비어 있었지만 아공간의 크기만큼은 나 역시 본 적이 없을 정도였다.

쿵!

이윽고 거대한 공간이 아공간에서 떨어졌다.

거울은 내 전신을 비출 정도로 커다랬는데, 그것을 본 나는 멈췄던 숨을 크게 토해낼 수밖에 없었다.

'이럴 수가.'

들리지 않는 비명을 내질렀다.

거울에 비친 내 모습은 내가 아는 그 모습이 아니었다.

아니, 알고 있긴 했다.

이 모습. 이 거대한 악마를.

'데몬로드⋯⋯!'

여덟 장의 날개, 이마에 솟은 우뚝한 염소의 뿔, 검은색 피부와 강인한 근육들. 어깨와 중요 부위들만 가린 은색 갑주가 묘하게 어우러져 강렬한 아우라를 뿜어냈다.

손을 들어 턱을 만졌다.

놀랍게도 거울 속의 데몬로드가 똑같이 움직였다.

이제는 인정할 수밖에 없었다.

나는 데몬로드가 됐다.

왜? 어떻게?

갖은 의문이 샘솟았다.

북한산에 올라 변이된 청설모를 발견했다.

이후 머릿속에서 주문이 되새겨졌고, 다시 눈을 뜨니 이 몸에 안착하게 된 것이다.

'그러고 보니.'

그 당시 떠오른 글귀들이 있었다.

본래는 각성해야만 보이는 허공의 글자들 말이다.

'일시적 영혼 전이가 시작됐다고 했지.'

몸은 분명히 데몬로드였다. 그러나 이질감이 있었다. 영혼만 이동이 되었다면 어느 정도 납득이 가지만, 여전히 '왜?'라는 의문이 남는다.

나는 과거 데몬로드의 심장에 검을 꽂았다. 놈의 피를 뒤집어쓴 채 돌아와 남은 생을 영웅으로 살았다.

그게 원인이 된 걸까?

내가 놈을 죽여서?

놈의 피를 뒤집어썼기 때문에?

여전히 말이 없자, 전율의 여왕이 입을 열었다.

"로드께서 잠들어 계신 지 어언 100년. 소녀는 한 번도 로드를 눈에 새기지 않은 날이 없답니다. 세상에서 가장 고귀하고 아름다우신 분이시여."

진심이 느껴졌다. 단순한 아부가 아니다.

진짜 '사랑'이 그녀의 눈엔 있었다.

맙소사. 전율의 여왕이 사랑이라니. 게다가 분명 이 몸을 두고 '아버지'라 표현하지 않았던가?

물론 인간들의 상식에 그녀를 집어넣는 건 말이 안 될 수도 있었다. 악마들끼린 근친상간도 밥 먹듯이 할 수 있는 일이다.

나는 혹시나 싶어서 오른손으로 십(+)자의 인을 새겨보았다.

이 인은 정보창 등을 떠오르게 만드는 열쇠다. 각성한 자들에게만 주어진 특혜이며, 내 기억이 정확하다면 데몬로드도 그 힘을 사용했었다.

[사용자의 정보가 갱신됩니다.]

이름: 우리엘 디아블로

직업: 데몬로드

종족: 용마족

칭호:

- 데몬로드(10Lv, 모든 능력치+8)
- 꿰뚫어 보는 자(9Lv, 마력+15)

능력치:

힘 108(100+8) 민첩 108(100+8) 체력 108(100+8)

지능 108(100+8) 마력 123(100+23)

잠재력(500+55/500)

특이 사항: 영혼이 동화된 상태입니다(남은 시간 2,864분).

스킬: 검은 별(10Lv), 심안(9Lv), 용언(9Lv), 칠흑의 손길(9Lv), 지배자(9Lv)

간단하게 떠오른 상태창을 보고 나는 기겁했다.

우리엘 디아블로.

게다가 그 밑에 떠오른 '완성된' 상태창은 전율을 느끼게 만들기 충분했던 것이다.

모든 각개의 능력치는 100이 완성이었다. 총합 500은 지성 생명이 도달할 수 있는 극한의 수치이며, 인류 중에선 이 영역에 닿은 이가 없었다.

마검사이고 최후의 영웅이었던 나조차도 총합 잠재력을 450가량 채웠던 게 전부였던 것이다. 애당초 그 그릇이 내가 클 수 있는 잠재력의 전부이기도 했지만.

'잠재력은 말 그대로 그 존재가 가질 수 있는 힘의, 그릇의 크기다.'

한데 우리엘 디아블로, 이놈은 500이었다.

이야기로만 들었던 그 영역을 내 눈으로 확인하게 된 셈이다.

하기야 이 정도로 강력했으니 홀로 수백 명의 영웅을 상대한 것이겠지.

10Lv의 칭호나 스킬도 나로선 어안이 벙벙한 것들이었다.

'이런, 젠장할.'

욕만 나왔다. 자기 위안도 되지 않았다.

이어 나는 특이 사항 쪽으로 시선을 돌렸다.

'남은 시간 2,864분.'

대략 이틀의 시간이 주어졌다.

일시적인 전이라면, 이 시간이 지나면 변화가 생기리라.

"로드시여. 저희를 이끌어 주시옵소서. 오로지 로드만이 진짜 로드이십니다. 가짜들을 처단하고, 온전히 승리하여 '거신'의 혼을 취하시옵소서."

전율의 여왕이 다시금 무릎을 꿇었다.

창기병들도 엄숙한 분위기로 대열을 정리했다.

나는 전율의 여왕에게 시선을 옮겼다.

그러자 놀랍게도 자동으로 내 '눈'이 반응하기 시작했다.

[심안(9Lv)이 발동됩니다.]

이름: 라이라 디아블로(value-300,000)

직업: 가시의 여왕

종족: 용마족

칭호:

- 가시의 여왕(9Lv, 마력+13)

- 학살자(8Lv, 힘+10)

- 전장의 지배자(7Lv, 모든 능력치+4)

능력치:

힘 104(90+14) 민첩 87(83+4) 체력 88(84+4)

지능 90(86+4) 마력 105(88+17)

잠재력 (431+43/495)

특이 사항: 피와 살육을 좋아하지만 오로지 한 사람을 위해 모든 걸 던질 각오가 되어 있는 순정적인 모습 또한 있습니다. 단지, 보답 받지 못하는 사람일 뿐.

스킬: 가시지옥(9Lv), 가시칼날(8Lv), 비정(8Lv), 전장의 표범(7Lv)

놀라운 일이었다.

설마 상대방의 상태창까지 엿볼 수 있는 능력이라니.

내가 의도하지 않았음에도 자동으로 발현되었다. 처음엔 아니었는데, 내 상태창을 스스로 갱신한 뒤 변화가 생긴 듯 싶었다.

'밸류?'

다른 건 내 것과 다를 게 없었다.

하지만 이름 뒤에 붙은 설명이 눈에 거슬렸다.

밸류(Value). 즉, 가치라는 뜻이다.

나는 손을 뻗어 그 부분을 어루만져 보았다.

[지배자(9Lv)가 활성화되었습니다. 지배자는 지배 대상의 가치를 지불하면 그 대상을 강제로 지배할 수 있게 만드는 힘입니다.]

[구매가 불가합니다. '라이라 디아블로'는 이미 사용자에게 귀속되어 있습니다.]

다시 손을 뗐다.

그러자 글귀가 사라졌다.

이런 힘도 있었군. 내가 몰랐던 이놈의 힘인 듯싶었다.

그때였다.

전율의 여왕이 나를 향해 촉구했다.

"모든 가짜 왕에게 로드께서 깨어나셨음을 공표하겠어요. 저희의 영역을 침범하고 호시탐탐 노리던 '멸제의 카르페디엠'도 이 사실을 알게 되거든 꼬리를 내리겠지요!"

그녀는 흥분했다.

데몬로드가 깨어났다는 사실에.

동시에 절박함도 느껴졌다.

전쟁을 반드시 치러야 하는 어떠한 이유가 있는 모양이

었다.

그녀가 아름다운 눈을 치켜뜨며 말했다.

"전쟁이에요!"

"멈춰라."

전쟁은 무슨.

지금 이 상황 자체가 나에겐 이미 전쟁이었다.

나는 손을 뻗어 전율의 여왕 라이라를 제지했다.

"로드시여, 왜 그러시나요?"

도리어 라이라는 이해를 못 하겠단 모습이다.

손꼽아 기다린 오늘. 당연히 내가 허락할 것으로 생각하는 듯했다.

하지만 '전쟁'이란 험악한 단어가 들어간 이상 나는 파악할 필요가 있었다.

심연 속의 데몬로드는 '우리엘 디아블로'뿐만이 아니었다. 나는 그 사실을 이놈을 죽이면서 알게 되었다. 어쩌면 '라이라 디아블로'가 꺼낸 전쟁이란 단어 역시 그와 연관되어 있을지 모른다.

'내가 원래의 몸으로 돌아가기 전에 알아내야 한다.'

그래서…… 알아내야 했다.

내게 주어진 시간은 대략 48시간.

그 뒤 나는 전이를 끝내고 변화를 맞이할 것이다.

아마도 원래의 몸으로 돌아갈 테지.

그런 느낌이 강하게 들었다. 귀환하고자 하는 본능 말이다.

그러니까, 이 48시간은 잘 활용하여 우리엘 디아블로를 포함한 데몬로드들의, 그 강력한 존재들의 비밀을 캘 셈이었다.

언제 다시 이 몸으로 돌아올 수 있다는 기약이 없으니.

무엇보다 그녀가 말했던 '거신'이란 단어도 신경이 쓰인다.

'이건 기회다.'

처음엔 놀랐다. 하지만 나는 본래의 냉정함을 되찾았다.

누구보다 냉철하게 상황을 살폈다.

이런 기회가 언제 다시 주어질지 모른다.

적을 알고, 나를 더욱 잘 알 수 있는 천재일우의 기회.

"먼저 내가 알아야 할 사항을 말해보라."

하지만 나는 조심스러웠다.

라이라 디아블로. 그녀는 우리엘 디아블로의 열렬한 추종자였기에. 행동 하나, 말 한 번에 의심을 살 수도 있었으므로!

'이놈의 언행은 대강 기억하고 있다.'

그나마 다행인 건 이놈을 내가 죽였다는 것이다.

강압적이고, 자기 잘난 맛에 사는 게 우리엘 디아블로라는 걸 잘 알았다. 그렇다면 나 역시 그와 비슷한 언행을 보이면 된다.

슬쩍 라이라를 바라봤다.

다행히 라이라는 의심하지 않았다.

대신 자신의 실책을 깨닫곤 탄성을 자아냈다.

"과연! 과연 신중하신 분! 전쟁을 벌이려거든 '아는 것'이 먼저지요. 그 간단한 것조차 소녀는 그만 잊고 있었답니다. 죄송해요."

다행이었다. 라이라는 알아서 해석하는 재주가 탁월했다.

흔히 말하는 콩깍지.

가장 찬란하며, 가장 위험한 착각.

내가 기다리자 라이라가 고개를 끄덕이더니 이어서 설명했다.

"로드께서 잠들어 계신 지 어언 100년, 그동안 저희는 멸제의 카르페디엠과⋯⋯."

"처음부터."

"처음부터, 말씀이십니까?"

최대한 말을 아꼈다. 그러나 본질을 흩뜨리진 않았다.

내가 알고 싶은 건 이놈의 계보다. 우리엘 디아블로와 다른 데몬로드들이 걸어온 그 역사를 확인하고 싶었다.

'너희들은 대체 뭐지?'

어쩌면 인류 최초로 진실에 도달하게 될지 모른다.

심연의 정체. 괴물들과 데몬로드의 출현 이유.

그리하여 이들이 지구를 노리게 된 그 경위를 파악하고 파헤쳐서 대안을 준비하는 게 나의 작전이었다.

말 그대로 이것은 '나만의 전쟁'인 셈이다. 나 홀로 준비하고 나 홀로 진행하는. 아무도 알아선 안 되고, 나 스스로를 속이며 '완벽함'을 추구하는 전쟁!

과거엔 영웅을 연기했다.

하지만 이번엔 악당이다.

라이라는 잠시 고민했다.

"제가 태어난 날 로드께선 제게 영원한 푸른 꽃 한 송이를 선물하셨습니다. 저의 어머니께선 그날 하늘에서 유니콘들이 노니며 축복을 내렸다고 하셨어요."

가슴을 앞으로 쭉 내밀었다.

푸른색의 묘한 기운을 풍기는 푸른색의 작은 꽃 한 송이.

자랑인 듯, 보물처럼 소중하다는 듯 푸근한 눈동자로 바라봤다.

물론 감동스럽긴 하지만 내가 원한 처음은 라이라의 탄생이 아니었다.

"전쟁의 시작부터 말이다."

"전쟁의 처음은……."

라이라가 살짝 얼굴을 붉혔다.

세상에! 그 전율의 여왕이 부끄럼을 타다니!

나는 경악에 입이 벌어지는 걸 겨우겨우 막아섰다.

이어 라이라가 말했다.

"이곳 심연은 무질서했습니다. 모든 존재가 서로의 생존을 걸고 투쟁했어요. 그럴 때 '위대한 별'이 떠올랐습니다. 위대한 별은 말했습니다. 가장 강한 하나에게 자신의 '격'을 넘겨주겠다고. 그리고 모든 것이 바뀌었습니다."

바뀌었다?

그 '위대한 별'이라는 게 그토록 탐나는 걸까?

심연의 강자들마저 달려들 정도로 말이다.

이윽고 라이라가 손을 한 차례 휘저었다.

그러자 공간이 흔들리며 주변의 배경이 바뀌었다.

넓고 메마른 땅이었다.

하지만 주변에 놓인 시체는 상상을 초월할 정도로 많았다.

단순히 몇만, 몇십만의 수준이 아니다.

억…… 어쩌면 그 이상.

그럼에도 전쟁은 끝나지 않았다.

우리엘 디아블로는 그 중심에 있었다.

가장 강력한 존재들과 함께.

"우리는 싸웠으며, 로드께선 '최후의 72명'의 명단에 들어 갔습니다. '위대한 별'은 그들에게 성을 주었습니다. 진정한 신이 될 자격을 부여한 것입니다. 로드께선 '디아블로'의 이름을 잇게 되었지요. 물론 저 역시도."

그녀는 디아블로의 이름을 소유하게 된 것에 자부심을 가지고 있는 모습이었다.

72명. 우리엘, 이놈과 같은 데몬로드가 71명 더 있다는 뜻이었다.

하나를 잡는 데도 그 많은 전력을 투입했건만, 71명이 더 있다니!

할 말을 잃었다.

나는 조용히 격분하고 있었다.

'우리엘 디아블로……!'

이래서 시작이라고 한 것이냐?

끝나지 않았다고, 계속해서 좌절하라고?

라이라는 계속해서 그 작고 도톰한 입술을 열었다.

"하지만 오로지 저희만이 진정한 마신의 '적통'입니다. 카르페디엠과 같은 송사리의 이름을 잇는 것과는 차원이 달라요! 브뤼시엘, 아르하임, 제로, 팔콘…… 그나마 가짜 중에서 정통의 이름을 빌린 존재는 이들이 전부."

그 이름들을 나는 안다.

디아블로, 브뤼시엘, 아르하임, 제로, 팔콘.

괴물들, 혹은 이종족들이 추앙하던 '신'의 이름이었다.

"모든 차원의 신들이 이곳 '심연'을 주시하고 있어요. 우리의 전쟁이 끝나거든 탄생할 단 하나의 차원신! 신 중의 신인 그 존재의 출현을 목도하고자. 감히 소녀는 그 영광의 장소에 로드께서 올라가실 것임을 한 치도 믿어 의심치 않는답니다."

그 영광의 장소에 같이 올라가고 싶다는 희망과 믿음이 엿보였다.

그나저나…… 디아블로가 이름을 빌려준 건 한마디로 투자인가?

신과 괴물들의 관계에 대해서 정리가 잘 되질 않았다.

하지만 한 가지 확실한 건.

'그들의 전쟁이 지구에까지 번졌다.'

나는 직접 겪었다.

그 잔재가 얼마나 강렬한지.

아직은 아니다. 어쩌면 심연에서의 전쟁이 어느 정도 정리된 뒤에야 그들은 지구로의 진출을 계획한 것일지도 모르겠다.

하나…… 우리엘 디아블로. 놈은 철저하게 혼자였다. 다른 데몬로드들과 연합을 이루지 않았다.

문득 놈이 했던 말을 떠올린다.

"너는 절망하리라. 앞으로 시작될 거대한 혼돈의 틈바구니에서 좌절하고 또 좌절하리라. 나는 낙오된 한 명의 왕일 뿐이니……."

낙오된 한 명의 왕.

이놈마저 다른 데몬로드들의 공격에 위협을 느꼈다는 뜻일까?

그로부터 도망쳤다는 뜻일는지.

"다만, 로드께선 100년 전 전쟁에서 겪은 상처를 치유하고자 긴 수면을 취하셨습니다. 그동안 저는 로드를 대신하여 영토를 다스렸습니다만…… 최근 '멸제의 카르페디엠'이 호시탐탐 이 땅을 노리는 바람에 많은 병력을 잃었어요."

라이라는 침울한 얼굴이었다.

억울하고 자존심에 금이 간 것 같았다.

그러나 이내 다시 밝은 표정을 보였다. 역시나 '나'에게만.

"이제는 로드께서 돌아오셨습니다. 감히 멸제의 카르페디엠 따위는 로드를 상대할 수 없어요. 이 사실을 공표하고 공격해야 합니다. 그리하여 다른 가짜 왕들이 긴장하도록 만들어야 합니다."

그동안 쌓인 게 많은 모양이었다.

지난 100년. 우리엘 디아블로의 대행을 맡았다면 '격'이 맞지 않긴 했다.

그런데 전쟁. 전쟁이라.

결국 우리엘 디아블로는 졌다. 내 추측은 거의 확신에 가까웠다. 전쟁에서 패배하고 지구로 도망 내지 탈출했으리라고.

다시금 같은 길을 걸으면 패배를 반복할 따름이었다.

내 입장에선, 이놈이 최대한 지구로 늦게 건너올수록 좋았다. 심연 속에서 다른 데몬로드들과 함께 죽는다면 더욱 좋았고.

나는 한 번 좌절했다. 그러나 다시 좌절하진 않을 것이다.

이 기회를 십분 활용하리라.

잠시 후 배경이 원래대로 돌아왔다.

나는 자리에서 일어났다.

"주변을 둘러보겠다."

솔직히 기대감이 없었다면 거짓일 것이다.

우리엘 디아블로. 데몬로드의 격을 지닌 녀석의 '영역'이 얼마나 화려하고 웅장할지.

이곳을 둘러보며 희미한 단서 하나라도 잡을 줄 알았지만, 주변을 쭉 살핀 결과 실망할 수밖에 없었다.

금은보화는 눈 씻고 찾아봐도 보이지 않았다.

중세시대의 양식에 걸맞은 검이나 그림 하나 없다.

그야말로 텅! 비었다.

아주 텅텅! 비었다.

그나마 칭찬할 만한 건 먼지 한 톨 없이 깨끗하다는 정도 일까.

성은 크고 첨탑은 높았지만, 그뿐이었다.

나는 내심 혀를 찼다.

'이거 완전 거지 아니야?'

내 마음을 읽는 것처럼 라이라가 말했다.

"100년간의 전쟁으로 재정이 많이 악화되었어요. 최대한 아끼고 아꼈지만……."

긴 변명이 시작됐다. 이 모든 게 멸제의 카르페디엠 때문 이며, 자신은 우리엘 디아블로의 영역을 지키고자 모든 힘을 쏟아부었다는 것이다.

물론 성의 상태를 보아하니 그녀가 얼마나 힘이 들었을지 는 대강 짐작이 갔다.

그럼에도 성을 이처럼 깨끗이 유지한 걸 보면, 그녀의 정 성이 대단하다 할 수 있었다.

"저, 아버지."

성을 한 바퀴 전부 돌아보고 난 뒤, 라이라가 조용히 말했다.

라이라는 나와 둘만 있을 때면 '아버지'란 호칭을 사용하는 듯싶었다.

고개를 돌리자 라이라는 작게 한숨을 내쉬며 진실을 입에 담았다.

"실은 암흑상인들에게 이 성과 영지를 담보로…… 잡혔어요."

암흑상인?

아아, 나는 내심 고개를 끄덕였다.

이종족들이 머무는 파란색 '문'으로 들어가면 간혹 그들과 만날 수 있었던 탓이다.

그들은 팔지 않는 게 없었다. 대신 그만한 값어치의 보물을 내놔야 했지만, 운이 좋으면 성능 좋은 무구를 구할 수도 있었다.

물론 그들을 공격하여 재물을 빼앗고자 한 이들도 있었다.

결과는 참혹했다. 나름 강자라 불렸던 이들이, 힘을 잃고 정신을 속박당해 돼지우리에 처박혔다. 노예처럼 부려지며 혹사당하곤 죽었다.

그것은 인류를 향한 경고였다.

그 뒤로 인류는 그들을 건드리지 않았다. 괴물을 상대하는 것만으로도 벅찬데 저들까지 상대할 여유가 없었다.

'괴물들조차 쉽게 손을 못 대는 모양이군.'

데몬로드를 등에 업은 라이라도 암흑상인만큼은 함부로 손을 댈 수 없는 듯싶었다.

하! 이곳 심연은 알면 알수록 복잡한 곳이었다.

"그래서 전쟁을 벌여야 합니다. 멸제의 카르페디엠이 가진 모든 재화와 영지라면 빚을 상환하고도 남을 거예요."

"갚지 않으면 어떻게 되지?"

"영토와 성을…… 뺏기겠지요. 가짜 왕들의 집중포화를 받을 테고요."

이 영토는 최후의 방어막인 것 같았다.

이곳에 있는 한 안전하다는, 뭐 그런 건가?

방어막이 사라지면 데몬로드들의 먹기 좋은 먹이가 되는 것인지.

'우리엘 이놈, 도망친 게 맞았구나.'

확신에 확신이 더해졌다. 인류는 심연에서 쫓겨난 놈 하나를 상대로 그토록 고전한 것이다.

빌어먹을!

욕만 나왔다.

민식이가 과연 이 상황을 바꿀 수 있을 정도로 뛰어난 영웅이 될 수 있을까?

'내가 막는 게 더 빠르겠다.'

사실 반쯤은 민식이에게 맡겨놓고, 뒤에서 적당히 놀 생각도 있었다. 그런데 상황이 만만치 않다. 이건 사력을 다해도 부족할 가능성이 존재했다.

"그러면 지구로 향해야 하는 건가?"

"아버지, 정말 모르셔서 묻는 건가요?"

음. 내심 뜨끔했다.

하지만 겉으로 표를 내진 않았다.

"나는 오랜 시간 잠들어 있었다. 내 기억이 확실한지 확인하고 싶을 뿐이다."

"아아, 그러시지요. 소녀가 잠시 다른 생각을 하고 말았습니다. 용서를."

휴! 한숨을 내쉬며 고개를 끄덕였다.

역시 너무 파고드는 건 위험하다.

자칫 잘못하면 지금의 꿀 같은 기회를 날려 버릴 수도 있었다.

이윽고 라이라가 말을 이었다.

"지구는 최후의 격전지입니다. '위대한 별'이 강림하는 장소이고, 현재 그러기 위한 물밑 작업이 이루어지고 있지요. 듣기로는 인간들을 각성시켜 '촉매'로 이용한다는 모양이더군요."

촉매…….

내가 그 단어를 곱씹자 라이라는 표정을 굳혔다.

"최후의 격전 전에 그곳으로 향한다는 건 굉장한 불명예입니다. 개미와 같은 인간을 죽여서 얻을 수 있는 포인트라곤 얼마 되지 않으니까요. '위대한 별'과 몇몇 이는 인간의 가능성을 높게 치는 모양입니다만, 그래 봤자 벌레에 불과하지요."

전율의 여왕 라이라.

그녀의 말을 듣고 확신했다.

절대로, 데몬로드들이 지구로 멀쩡히 향하게 두어선 안 되겠다고.

촉매라니. 놈들이 '신'이 되기 위한 제물이란 소리가 아닌가.

'망할.'

열불이 뻗쳤다. 이가 갈리려는 걸 겨우 참았다.

그토록 노력했는데, 그토록 죽자 살자 달려들었는데!

괴물들의 입장에선 발버둥에 불과한 모양이었다.

"위대한 별은 어디에 있지?"

"보고 싶으신가요?"

고개를 주억거렸다.

위대한 별. 모든 일의 배후.

그것을 이 두 눈으로 확인해야겠다.

제단의 거대한 게이트를 통해 이동하자, 그곳엔 암흑상인들이 모여 있었다.

전신이 까맣고 입은 것이라곤 오로지 모자뿐인 이상한 놈들. 눈도, 코도, 귀도 없다. 오로지 입만 있다. 그냥 멀리서 보면 까만색 원통형 공에 팔다리만 붙여놨다고 해도 믿을 수 있을 것이다.

암흑상인의 유일한 패션은 모자였다. 모자로 저들의 계급을 어느 정도 구분할 수 있었다.

가장 낮은 계급은 갈색의 평범한 빵모자 같은 걸 쓰고 있었다. 그 위로 갈수록 치장이 늘어나거나 형태가 멋있어진다.

'여기가 본진인가 보군.'

암흑상인을 만난 적은 과거에도 있지만, 이처럼 커다란 규모로 운영되는 곳을 본 적은 없다. 하늘까지 닿은 건축물들이 즐비했고 온갖 보물과 노예, 괴물들이 먼지처럼 굴러 다녔다.

"우리엘 공, 우리 상인연합회를 찾아주셔서 감사합니다."

입구에 들어서자 붉은 보석이 치렁치렁 달린 모자를 쓴 암흑상인이 맞이해 주었다.

"저는 앎이라고 합니다. 우리엘 공의 첫 방문을 환영하는 바입니다."

앎? 이름도 특이했다.

발음하기도 어려운 이름인지라 도리어 기억은 쉬운 편이라고 해야 할까.

앎을 본 라이라가 여전히 무뚝뚝한 표정으로 말했다.

"로드께선 '위대한 별'을 보길 원한다. 길을 터라."

"100년 만에 나타나셨으니 궁금하실 법도 하군요. 하지만 조금 기다리셔야 합니다."

"기다려야 한다? 감히…… 이분이 누구인지 모르는 건가?"

라이라가 쌍심지를 켰다. 전율의 여왕답게 노려보는 것만으로도 온몸이 짜릿할 것만 같이 표독스러운 눈빛이었다.

저 표정과 눈빛이 나를 보면 백팔십도로 변한다.

여자의 변신은 무죄라지만, 라이라의 경우는 그 정도가 심했다.

앎은 난처한지 머리카락도 없는 머리를 긁적였다.

"'위대한 별'을 보고자 먼저 방문하신 분이 계십니다."

"그게 누구냐?"

"안달톤 브뤼시엘 공이십니다."

"……흥."

라이라가 뒤늦게 콧방귀를 뀌었다.

브뤼시엘의 이름을 이은 데몬로드. 그가 이곳에 있다는 뜻이다.

천하의 라이라조차 그 이름 앞에선 제대로 기를 펼 수 없는 것 같았다.

"그러나 기다리는 건 말이 안 된다. '위대한 별'을 보는 데 언제부터 순서가 필요했지?"

나름의 타협안이었다.

앎은 난처한지 쉽게 대답하지 못하고 있었다.

그만큼 안달톤 브뤼시엘의 위세가 대단하단 뜻이겠지.

한참을 망설이던 앎이 한숨을 내쉬었다.

"알겠습니다. 제가 말씀드려보지요. '위대한 별'을 볼 수 있는 성탑의 문은 한 시간 뒤에 열립니다. 한 시간 뒤에 성탑 앞으로 오시길."

앎이 꾸벅 고개를 숙였다.

그러고는 돌아서며 라이라를 향해 작게 말했다.

"라이라 님, 빚의 변제 기간이 얼마 남지 않았습니다. 시간이 지나면, 아시지요? 라이라 님 역시 담보 중 하나라는 것을요."

라이라의 얼굴이 살짝 붉어졌다.

창피한 듯, 자존심을 건드린 듯.

아마도 내가 옆에 있어서 더욱 그런 것 같았다.

'담보라.'

라이라가 자신의 몸을 담보로 잡고 여태껏 전쟁 자금을 빌려왔다는 뜻이다.

이윽고 앎이 완전히 떠나갔다.

"로드시여. 제가 안내해 드릴게요."

라이라는 고개를 돌리지 않았다. 대신 몸을 떨며 앞으로 걸음을 옮겼다.

나도 굳이 묻지는 않았다.

남은 시간 동안 암흑상인들의 본거지를 둘러봤다.

고블린부터 뱀파이어나 켈베로스 등등. 팔지 않는 게 없었다. 한 번도 본 적 없는 보물이 아무렇게나 널려 있는 모습을 보곤 혀를 내둘렀다.

'만에 하나 데몬로드가 이곳의 보물들을 챙겨 지구를 침략했다면.'

죽이기는커녕 멸망하지 않으려고 도망이나 다녔을 것이다.

하지만 더욱 놀라운 사실이 라이라의 입을 통해 나왔다.

"이곳에 있는 노예나 물건들은 전시용에 지나지 않아요. '진짜'라 할 수 있는 것들은 '경매'를 통해 거래가 되곤 하지요. 로드께선 한 번도 참가하신 적이 없지만, 경매는 1년에 한 번씩 이뤄지곤 한답니다."

1년에 한 번이면 벌써 백 번은 이뤄졌다는 것이다.

"운이 좋으면 싼 가격에 성능 좋은 물건이나 노예 따위를 구할 수 있어요. 지금까진 제가 대리하여 참여했지만 앞으로는 로드께서 직접 참여하셔야 합니다."

이 넓은 공간이 익숙한 듯 라이라는 내가 모르리라 생각하는 모든 걸 자세하게 설명하기 바빴다.

그리고 이곳 상인연합회를 둘러보면 볼수록 인류가 얼마나 작은 우리 속에 갇혀 있었는지 깨닫게 되었다.

'모험을, 모험을 적극적으로 했어야 했다.'

인류는 수비적이었다.

나 역시도 마찬가지였다.

온갖 문이 출현했지만, 그곳을 탐사하고 개척할 인물이 많지 않았다.

나 스스로라도 움직였어야 하건만. 영웅 놀이를 한답시고 쳐들어오는 적만 상대한 게 후회가 되었다.

하지만 이제는 아니다.

더는 우물 안 개구리로 남을 순 없었다.

암흑상인들은 분주하게 움직였다. 잘 짜인 개미굴을 보는 느낌이었다.

간혹 괴물들이 내 쪽을 쳐다보기도 했다.

"100년 만의 등장이로군."

"죽었다는 소문은 거짓이었나?"

"'멸제의 카르페디엠'이 노리고 있다던데. 키킥. 운도 없지."

적어도 긍정적인 시선이 아닌 것만은 확실했다.

그럴 때마다 라이라가 눈에 불을 밝히며 쳐다봤고, 괴물들은 고개를 재빨리 돌렸다.

이곳은 불가침의 영역이었다.

모든 싸움이 금지된 장소.

"시간이 된 것 같군."

"아아, 벌써……!"

라이라가 아쉬움을 토로했다.

하지만 이미 정해진 시간이 있었다.

라이라는 성탑을 향해 발을 옮겼다.

연합회 중심에 놓인 거대한 탑. 그곳이 성탑이었다.

성탑 앞에는 긴 대열이 있었다.

족히 수천의 온갖 악마, 온갖 괴물, 그 가장 앞에 있는 존재.

'데몬로드……!'

안달톤 브뤼시엘!

단숨에 알아봤다.

하지만 놀라웠다.

그들의 숨결이, 마력 따위가 전혀 엉클어지지 않고 하나처럼 움직이고 있었다.

'제대로 훈련받았군.'

괴물 한 마리 한 마리가 최소 6Lv 이상은 되어 보였다.

6Lv이면 오우거급이다. 잠재력 수치 300은 채워야 상대가 가능한.

그런 괴물들이 훈련을 받고 더욱 강인해졌다. 그 숫자가 수천.

압도적이다.

나는 내심 떨떠름해하며 성탑 앞으로 다가갔다.

라이라는 경계를 하고 있었다. 불가침이라고 하더라도 그들에게서 느껴지는 압박감은 마치 한 자루 날카로운 창과 같았으니.

이윽고 성탑의 문 앞에 섰을 때, 그를 볼 수 있었다.

안달톤 브뤼시엘.

두 개의 뿔을 가진 악마!

나와 마찬가지로 여덟 장의 날개를 가지고 있었으나, 크기는 나보다 훨씬 작았다. 키는 2m 정도로 근육질의 몸매가 다부졌지만 그 '눈'이 무척이나 냉정했으니.

하지만 나는 과거 영웅이었던 시절에도 그를 본 적이 없었다.

그럼에도 우리엘 디아블로를 보았을 때보다 더한 긴장감을 느끼고 있었다.

확실한 것은.

안달톤 브뤼시엘이 데몬로드의 '정점' 중 하나라는 것!

그는 나를 쳐다보지도 않았다.

'관심조차 가지 않는다는 거냐?'

우리엘 디아블로. 100년 만에 모습을 드러냈으니 한 번쯤 눈길이라도 줄 법하건만, 안달톤 브뤼시엘은 그러지 않았다.

격이 맞지 않다는 걸까.

라이라조차 '정통의 이름'을 이었다고 한 데몬로드.

브뤼시엘이라면 강력한 악신의 이름이다. 그 이름은 나 또한 알 정도로 유명했다.

끼이이익!

곧 성탑의 문이 열렸다.

"성탑의 내부는 오로지 데몬로드만 들어가는 게 가능합니다. 부디 다녀오소서."

라이라가 공손이 고개를 숙였다.

나는 알았다는 뜻을 내비치며 발길을 옮겼다.

그 옆으로 안달톤 브뤼시엘이 함께했다.

성탑의 내부는 조용했다.

나는 조용히 성탑의 하늘로 이어지는 계단을 걸었다.

안달톤 브뤼시엘 역시, 여전히 무표정한 얼굴로 그저 걸어
나갈 뿐이었다.

그렇게 몇 시간을 걸었을까.

내게는 영원처럼 느껴지는 시간이었다.

애당초 내게 주어진 시간이 많지가 않았다.

[남은 시간: 221분.]

2,440분. 길다면 길고 짧다면 짧은 시간.

그것도 이제는 십 분의 일가량만이 남았다.

'중간에 시간이 다하면 어떻게 되는 거지?'

의문을 가지지 않을 수 없었다.

계단은 끝없이 이어졌다.

천상. 어쩌면 그 이상으로 이어지는 장소가 성탑이 아닐
는지.

와중에 시간이 다하거든, 영혼 전이가 끝난 이 신체는 어

떻게 될까?

갑자기 쓰러질 수도 있었다.

나는 고민하지 않을 수 없었다.

애매하게 시간이 끌려서 중도에 끝나는 것보단 안달톤 브뤼시엘, 이놈이라도 데려가는 게 어떨까 하고.

하지만 이내 부정했다. 그런 선택은 마지막에 해도 충분하다.

'끝이 보이는군.'

오랜 시간 이어진 무한한 정적.

'15분.'

나는 고작 15분을 남기고 '위대한 별'의 앞에 도착할 수 있었다.

계단의 끝, 그 위엔 거대한 구름 무리가 펼쳐져 있었다.

순백의 구름들과 거센 바람. 세상은 환했고, 그 구름들 사이에 놓인 거대한 '빛'이 있었다.

빛으로 이루어진 거대한 신!

저게 신이 아니라면 무엇이 신이라 할 수 있을까.

아니, 어떤 '신'이라 할지라도 저 존재에 버금가진 못할 것이다.

감히 우주까지 닿을 정도로 그 크기와 '격'은 압도적이었다.

하지만 신은 잠들어 있었다.

"너는 오로지 나만의 것이다."

그러자 안달톤 브뤼시엘이 빛을 향해 움직이기 시작했다.

치이이이이이이이이이익!

그의 몸이 불타올랐다. 전신이 녹으며 재생하길 반복했다.

그럼에도 그는 멈추지 않았다.

이윽고 지척까지 다가간 그가 손을 뻗어, 그 빛의 신을 향해 다가가려는 순간.

타악!

튕겨 나갔다.

"……감히."

다시 한번 그가 손을 뻗었다.

강력한 집착이었지만 저 거대한 '존재'를 담기에 안달톤 브뤼시엘은 역부족이었다.

그래.

역부족이다.

나는 알 수 있었다.

저 신을 보는 순간 정신을 빼앗겼다. 모든 시선을 앗아갔다.

완성되지 않았음에도 거대하다.

오롯이 존재하며, 오롯이 모든 걸 삼킬 정도로…….

하지만 동시에 분노가 일었다.

'모든 것의 시작.'

저게 위대한 별인가?

고작 저러한 것 때문에, 모든 일이 시작되었단 말인가?

뚜벅!

걸었다.

화르륵!

가까이 다가갈수록 살이 벗겨졌다. 전신이 타올랐다.

날개가 찢어지고 부러지며 신체가 버티지 못했다.

안달톤 브뤼시엘도 튕겨냈던 그 힘이 작용했지만 나는 멈추지 않았다.

그는 자신의 목숨을 아낀다.

그러나 나는 다르다. 이 몸은 내 것이 아니었고, 설령 내 몸이라 하더라도, 나는 포기하지 않고 걸어갔을 것이다.

그래. 목숨을 걸어야 한다면 걸겠다.

그것이 너에게 닿는 조건이라면!

그것이 이 모든 좌절과 절망을 지워 버리는 길이라면……!

"거신!!"

['전이' 의 시간이 모두 소모되었습니다.]

['귀환' 을 시작합니다.]

거대한 빛이 나를 덮쳤다.

다시 눈을 떴을 때, 내 앞으로 몇 가지 글귀가 떠오르고 있었다.

[우리엘 디아블로와의 영혼 동화율 58%]

['심안(9Lv)', '지배자(9Lv)' 스킬이 동화되었습니다.]

['전이(???)' 스킬이 생성되었습니다.]

[각성 완료.]

[압도적 존재와의 동화로 인해 잠재력이 크게 상승합니다.]

[5,000pt를 획득했습니다.]

머리가 어지러웠다. 긴 꿈을 꾼 그런 기분.

선선한 바람이 뺨을 간질였다. 세상은 아침이었고, 나는 이러한 광경을 본 적이 있었다.

'북한산.'

이곳은 북한산의 산기슭이다.

나는 풀잎 따위를 쌓아 만든 장소에 뉘어 있었다.

또한 나를 깨우는 건 비단 자연만이 아니었다.

"눈을 떴네!"

"깨어나셨군요!"

"비나이다. 비나이다. 저희가 산을 어지럽히는 큰 죄를 지었습니다. 부디 저희의 죄를 사해주시옵소서."

고개를 돌렸다.

사냥꾼 삼인방.

황금색 청설모를 잡고자 모였던 그들이 내 발치에 모여 있었다.

3장
에인션트 원

하지만 지금의 나에겐 저들이 눈에 들어오지 않았다.

절로 주먹이 쥐어졌다.

위대한 별, 거신. 나는 그놈을 직접 봤다. 두 눈에 담았다.

하지만 닿지 못했다. 어쩌면 닿았을 수도 있지만 시간의 부족으로 인해 돌아왔다.

내 신체. 이질감 없이 움직여지는 몸.

'각성했다고 했지.'

각성의 방법으로는 몇 가지가 있지만 가장 무난한 방법은 '문'과 접촉하는 것이다. 하지만 나는 '문'과의 접촉이 아니라 '데몬로드'와 빙의하며 각성하게 되었다.

간혹 미친 듯이 뛰어난 잠재력을 지닌 자가 스스로 각성하는 경우는 있었지만, 그런 경우는 그야말로 일억 분의 일이다. 나와 같은 사례는 없었다.

'클래스를 얻지 않았음에도 스킬이 생겼다.'

더욱 놀라운 점은 스킬의 유무다.

이 역시 동화로 얻은 것이지만, 무려 9Lv의 스킬이었다.

심안, 그리고 지배자!

9Lv이라면 용들의 고유 마법과 비견되는 수준이다. 비록 공격적인 것들은 아니지만 가지고 있는 것만으로도 분명히 도움이 될 터였다.

나는 손을 뻗었다.

그리고 십(+)자 인을 그렸다.

[사용자의 정보가 갱신됩니다.]

이름: 오한성

직업: 無

칭호: 無

능력치:

　　힘 11 민첩 11 체력 10

　　지능 9 마력 10

　　잠재력(51/456)

특이 사항: 알 수 없는 힘에 의해 잠재력이 크게 상승했습니다.

스킬: 심안(9Lv), 지배자(9Lv), 전이(???)

"……!"

짧다.

그러나 묵직했다.

나는 놀라지 않을 수 없었다. 경악하지 아니할 수 없었다.

능력치는 성인 남성의 평균보다 조금 나은 수준이다.

하지만 잠재력 수치가 과거와 달랐다.

'내 한계는 450이었다.'

잠재력이란 그 사람이 강해질 수 있는 힘의 최대치다. 최후의 영웅이 되었을 때조차 나는 450의 잠재력을 채우는 데 그쳤다.

아무리 발악해도 그 이상으로 향하지는 못했다.

그런데 늘어났다. 하지만 단순히 '6'만 늘어난 것만이 아니다.

'세계의 온갖 보물을 두루 섭취하며 강해진 나다. 지금의 잠재력은…… 말이 안 나오는군.'

450 이상의 잠재력을 가진 인류?

통계적으론 천만 명에 한 명 꼴이다.

세계적으로 600~700명에 그쳤다는 뜻이다.

하지만 나도 처음엔 450의 수치를 가지지 못했다.

흔히 영약(靈藥)이라 부르는 것들.

신이 점지해 준 귀중한 약재들.

그러한 것들을 닥치는 대로 섭취한 결과였다.

원래는 400 정도에 불과했다. 마검사의 빠른 성장력 덕분에 세계정부가 나를 주목했고, 영웅으로 키우고자 상상을 초월하는 투자를 행한 덕이었다.

그런데…… 그럴진대.

'456!'

눈을 감았다가 떠봤지만 잘못 본 건 아니었다.

분명히 수치는 456을 기록하고 있었다.

과거와는 분명히 달라진 수치에 나는 잠시 혼이 빠져나간 것만 같은 표정을 지어 보였다.

'이게 각성 수치라니.'

어쩌면, 과거처럼 보물을 휩쓸어 잠재력 수치를 늘릴 수 있다면, 인류 최초로 500에 도달하는 존재가 탄생할지 모르는 일이다.

아니, 그 이상조차도 노려볼 만했다.

내겐 기억이 있었다. 정보가 있었다. 시간도 많았다.

식은땀이 났다. 전율? 너무 긴장한 나머지 몸도 떨리지 않았다.

대신 입안이 마르고 눈동자가 쉼 없이 흔들렸다.

'닿는다. 닿을 수 있다.'

데몬로드!

그 괴물들에게.

이어서 나는 추가된 스킬들을 살펴보았다.

'전이…….'

내가 우리엘 디아블로의 몸에 들어갈 수 있었던 건 이 전이 때문이었다.

혹시나 싶어서 다시금 스킬을 사용해 보고자 하였다.

['전이(???)' 의 재사용 대기 시간이 2,880분 남았습니다.]

사용이 되지는 않았다.

즉시 재사용 대기 시간에 눈길이 갔다.

'실제로 움직인 시간과 같군.'

나는 우리엘 디아블로의 몸으로 2,880분을 보냈다.

재사용 대기 시간이 그와 같았다. 1:1의 비율인 걸까?

숨을 크게 들이마셨다.

떨리는 심장은 식을 줄을 몰랐다. 미친 듯이 요동치며 호흡마저 곤란하게 만들었다.

"저……."

삼인방 중 하나가 조심스럽게 물었다.

'아아, 이들이 있었지.'

더욱 중요한 일에 정신이 쏠려서 내 앞에 삼인방이 있다는 걸 깜빡하고 있었다.

겨우 흥분을 식히곤 상황을 정리해 보았다.

황금 청설모에게 공격을 받은 직후 나는 전이했고, 시간을 모두 사용하여 돌아왔다. 한데 눈을 뜨자마자 이들이 있었다.

'무슨 일이 있었군.'

아무런 이유 없이 이런 행동을 보일 리는 만무했으므로.

'그러고 보니.'

기억을 더듬는다.

전이 직전 청설모가 나를 향해 달려들었다.

동시에 민식이가 전해줬던 '보호의 마법'이 발동하여 나를 지켰다.

청록색의 보호막이 튀어나와 청설모의 공격을 막은 것이다.

설마 그것을 보고 나를 '산신'이라 부르는 건가?

"정말 산신이 맞으십니까?"

떠올리기 무섭게 물어온다.

셋 중 가장 어려 보이는 남자가 나를 정면으로 바라봤다.

"산신은 아닌데……."

"아닌데?"

나는 말을 꺼내다가 잠시 고민했다.

저들의 착각은 내게 있어서 긍정적인 일이었다.

나를 일반인으로 생각하면 그 보호막을 설명할 길이 없다.

괜한 의심은 또 다른 소문을 낳을 것이다.

차라리 아예 뜬구름 잡는 존재로 보이는 게 나을 수도 있었다.

나는 자세를 바로잡고 앉았다.

그러고는 목소리를 깔았다.

"그 비슷한 거다."

"이놈들아. 저분이 산신이든 아니든 귀하신 분인 건 분명하다. 버릇없게 굴지 마라!"

가장 덩치가 큰 남자가 나머지 둘을 나무랐다.

그가 이 중 제일 큰형인 것 같았다.

"한데 너희들이 나를 보살핀 것이냐?"

"그렇습니다. 저희가 쓰러지신 산신님을 옮겨 왔습니다."

사실 호칭은 그다지 중요하지 않았다.

남자는 꽤나 정중했다. 적어도 예의를 모르는 자 같지는 않았다.

나는 잠시 턱을 쓸며 말했다.

"내가 쓰러지고 시간이 얼마나 지났지?"

"하루, 정확하게 하루 지났습니다."

과연. 심연에서 보낸 시간과 현실의 시간이 다르다.

대략 2:1. 현실에서의 하루가 심연에서는 이틀인 셈이다.

나는 묻지 않을 수 없었다.

"황금빛 청설모는 어떻게 되었느냐?"

"도망갔습니다. 산신님의 힘에 놀란 것 같았습니다."

내 힘이라면 역시 청록색 보호막을 봤다는 의미다.

그래도 잡지 못했다니 다행이었다.

변이된 짐승을 잡고 '문'이 모습을 드러내도 하루면 다른 동물에게 옮겨 간다. 그럼 처음부터 다시 시작해야 하는 것이다.

나는 잠시 삼인방을 바라봤다.

어디까지나 무속신앙에 근거하여 나를 보살핀 것이겠지만, 청설모가 덮친 그 상황 속에서 그냥 도망칠 수 있음에도 나를 구했다. 이후 이들은 정성껏 풀을 모아 내가 쉴 장소를 만들었다.

'기특하군.'

기본적으로 착한 사람들이다.

살짝 양심에 찔리기도 했다. 이런 이들을 미끼로 청설모를 유인하려 하지 않았던가.

"커흠."

내가 조용히 하면 그대로 넘어갈 일이지만, 원한이든 은혜이든 받았으면 일단 갚아야 한다는 게 지론이었다.

마음껏 살아보자고 마음먹었으나 그래도 나는 영웅이었던 사람이다.

기본적인 품위마저 버린 건 아니었다.

게다가…….

'착한 사람은 그 자체만으로 지킬 가치가 있지.'

악으로 가득한 세상, 착한 사람은 제일 먼저 죽었다.

그런 세상이 다시 도래하는 것만큼은 막을 것이다.

"너희들이 나를 보살폈으니 보답을 하고 싶은데…… 혹 종이와 벼루가 있느냐?"

"벼루는 없고 펜은 있습니다만……."

그럴 줄 알았다. 벼루를 가지고 다니는 사람이 현대에 있을 리 없으므로.

그냥 있어 보이려고 한 소리다.

"그거라도 내오너라."

삼인방 중 맏형으로 보이는 자가 주섬주섬 주머니를 뒤지더니 노란 메모장과 모나미 볼펜을 꺼내 들었다.

"여기 있습니다."

"이거보다 큰 종이는 없느냐?"

"이 메모지가 전부입니다."

나는 내심 혀를 찼다. 종이 면적이 너무 작았기 때문이다.

가뜩이나 룬 문자는 알아보기 어려운데 좁쌀만 한 글자로 적어야 했다. 나만 한 악필이 그랬다간 어린애 낙서처럼 보일 것이다.

만약 세계 어딘가에서 악필 대회가 열린다면 나는 대상을 수상할 자신이 있었다.

그나마 다행인 점이라면 이 글자는 나만 알아보면 된다는 것.

펜으로 대충 노란 메모지에 룬 문자를 그렸다. 지렁이같이 나열된 문자들이 가로와 세로로 겹치고 이어졌다.

룬 문자를 아는 사람이 봐도 기분 나쁜 장난이자 낙서처럼 보일 악필 그 자체!

"받아라. 결코 잃어버려선 안 되느니."

"이, 이게 뭡니까?"

"내 선물이다. 혹여나 큰 우환이 닥치거든 여기 빈 공간에 이름을 적은 뒤 대문에 걸어놓아라."

"아! 부적인 모양이군요!"

삼인방 모두가 묘한 눈빛으로 노란 메모지를 바라봤다.

즈아아아앙!

곧 메모지의 글자들에서 빛이 흘러나오기 시작했다.

"허억!"

"그, 글자에서 빛이!"

깜짝 놀란 그들이 눈을 동그랗게 떴다.

하지만 그뿐이었다.

신선의 능력이라 생각할 뿐, 저게 얼마나 대단한 것인지에 대해선 깨닫지 못하는 얼굴이었다.

['사용자의 가계약'이 완료되었습니다.]

[사용자 '오한성'의 이름이 적혀 있는 계약입니다. 계약자가 원할시 사용자 '오한성'은 자신의 능력과 양심 내에서 계약자를 한 차례 도와야 합니다.]

[지켜지지 않을 경우 사용자는 '마력의 저주'에 걸리게 됩니다.]

바로 각성자들 간의 계약서였다.

계약을 어길시 걸리는 '마력의 저주'는, 마력을 꼬이게 만들고 늦게 성장토록 한다. 모든 능력치 중에 가장 중요한 게 마력이니 어지간한 일 아니고선 반드시 계약을 지켜야 함이었다.

물론 능력 밖의 부탁은 들어주지 않아도 무방하다.

하지만 오한성. 무려 내 이름이 박힌 계약서다.

천금, 만금을 줘도 사지 못할!

돌아오기 전이었다면 저 한 장을 얻고자 도시 하나를 내놓으려는 사람도 있을 것이었다.

복권에 비할 바가 아니었다.

잠시 후 메모지 위의 빛이 가라앉자, 한 명이 은근슬쩍 말했다.

"그런데 산신님, 요거 한 장뿐입니까? 보살펴 드린 건 저희 셋이 했는데요."

"욕심이 과하면 체하는 법."

이미 부적에 진짜 효능이 있다고 믿는 모양이었다.

연달아 '신비'를 접하며 그들의 눈에는 어느덧 의심이 사라졌다.

산신, 못해도 엄청 용한 무당 정도로 나를 여기는 듯싶었다.

그러나 안 될 일이다. 그냥 부적이라면 몇 장이라도 주겠지만 저건 내 이름 석 자가 적힌 계약서다. 솔직히 저 한 장만으로도 과하다.

내가 뒷짐을 잡고 무게를 잡자 그가 입을 비쭉 내밀었다.

"끙, 그럼 형님이 가지쇼. 나는 필요 없소."

"저도요. 어차피 그 아이한테 쓰실 거죠?"

맏형에게 낙점된 모양이었다.

그는 잠시 자신에게 양도된 노란 메모지를 바라보더니, 결심한 듯 표정을 굳히곤 고개를 끄덕였다.

"제가 친딸처럼 생각하는 아이가 있습니다. 희귀한 병에 걸려서 병상에만 누워 있는 게 안타까워요. 한창 뛰어놀고

화장도 하고 연애도 해볼 나이인데…… 그 아이를 고쳐 주고 싶습니다."

"네가 쓰는 게 아니라 그 아이를 위해서 쓰겠다?"

"예. 저는 충분히 오래 살았으니까요."

진심이 느껴졌다.

의외였다. 자신이 쓸 수 있는 소원을 다른 이를 위해 사용하겠다니.

그것도 친딸이 아닌 다른 집안의 아이를 위해서 말이다.

이 정도로 순박한 자가 밀렵을 했다는 게 믿기지 않았다.

하여 혹시나 하는 마음에 물었다.

"그럼 황금 청설모를 잡으려던 것도 비슷한 이유 때문이냐?"

"반은 그렇습니다. 그 아이는 저 같은 비렁뱅이에게도 꽃을 선물해 줄 정도로 정말 착한 아이거든요. 하지만 저희 모습이 이래놔서…… 그 아이 부모님이 저희를 참 싫어합니다. 돈이라도 조금 벌어서 번듯한 모습이 되면 보답이라도 할 수 있을까 싶어서……."

뭔가 구구절절한 사정이 있는 모양이었다.

하지만 당장은 무리였다.

모든 만병을 고치고 잘린 신경조차 강제로 이어버리는 그러한 약들을 구하려면 수개월은 필요했다.

내 계획이 착착 진행된다는 가정하에.

당장 부탁한다면 내 능력 '밖'이므로 지키지 않아도 무방하지만 그래도 도와주겠다고 계약서까지 써버린 마당이다.

나는 근엄하게 말했다.

"그 부적에 효력이 생기려면 적어도 3개월은 품에 꼭 가지고 있어야 한다. 한시라도 떼어놓아선 안 되느니라."

"아…… 그, 그럼 정말 3개월이면 되는 겁니까?"

"네 마음이 하늘에 닿는다면 이뤄질 것이다. 하지만."

이어서 나는 정색했다.

은혜는 은혜고 바로잡을 건 바로잡아야 했다.

"그 시간 동안 죄를 지으면 효력은 사라진다. 너희는 산에 큰 죄를 지어왔다. 필요 이상의 살생은 정기를 흩뜨리는 짓이니. 앞으로는 돕고 상생하며 살아야 할 것이다."

"명심, 또 명심하겠습니다."

"명심했으면 당장 산을 내려가거라."

"저…… 그런데 황금 청설모는……?"

"놈은 너희가 생각하는 영물이 아니다. 세상을 어지럽히는 마물이지. 내가 벌을 줘야 할 대상이니라."

"여, 역시 그렇군요."

깨달은 바가 있다는 듯 그가 고개를 주억거렸다.

영물이 그토록 해괴하고 잔인한 모습을 보일 순 없었다.

그 공격성과 악의는 분명히 마물과 비슷했다.

내가 가만히 뒷짐을 진 채 기다리자, 그들이 군말 없이 짐을 싸기 시작했다.

산을 내려가기 위한 준비를 하는 것이다.

이윽고 준비를 끝마친 그들이 한 차례 절을 했다.

"산신님, 만수무강하십시오."

"만수무강하십시오."

내가 오른손을 설렁설렁 흔들자 그들은 하산을 위해 발걸음을 옮겼다.

나는 그들의 뒷모습을 가만히 바라봤다.

'역시 사람은 겉만 보고는 모르는 거야.'

저렇게 산적처럼 생긴 자들이 사실은 순정파일 줄 누가 알았겠나.

잠시 후 삼인방의 모습이 시야에서 완전히 사라졌을 때, 나는 여태껏 지었던 근엄한 표정을 지웠다.

'자, 방해꾼은 사라졌다.'

이제는 황금 청설모와의 대결만이 남은 상황이었다.

황금 청설모를 노리던 삼인방의 눈길도 산 아래로 던져 버렸으니, 느긋하게 놈을 추격하는 일만 남았다.

저번의 습격으로 말미암아 놈의 둥지가 어디쯤에 있을지 파악이 끝난 것이다.

'좋은 날이로군.'

악재가 겹치듯 좋은 일도 겹치는 걸까?

의외의 시기에 각성하여 상상 이상의 능력을 얻었고, 의외의 장소에서 제법 괜찮은 이들을 만났다.

데몬로드의 신체로 거신에게 닿지 못했다는 그 우울함이 희석되는 듯했다.

게다가 처음 북한산에 오른 목적도 완수하기 직전이었다.

혹시 아는가?

황금 청설모도 생각지도 못한 선물을 해줄지.

하늘은 맑았고, 구름 한 점 없었다.

나는 콧노래를 부르며 큼직큼직하게 발을 옮겼다.

삼인방은 산기슭을 전전하며 덫을 모두 제거했다.

이후 북한산을 내려와 초입부에 들어섰을 때 그들은 무척이나 상기된 얼굴로 노란 메모지를 바라보고 있었다.

"거참, 꿈은 아닌 거 같은데…… 정말 산신이 맞을까요?"

"산신이 아니더라도 용한 무당은 되겠지. 너도 봤지 않냐?"

"겉모습은 고등학생이라 해도 믿을 수 있겠던데요."

타당한 의문이었다. 실제로 산신은 평범한 옷차림을 하고 있었던 것이다. 하지만 동생들은 믿지 않아도 맏형인 그는 믿고 있었다.

"귀인(貴人)이다. 귀인이야. 하늘이 우리를 그와 만나게 해주었으니 괜한 의심일랑 말거라. 세상엔 우리의 생각을 벗어나는 또 다른 상식들이 존재하고 있다."

"또, 또 그 소리. 확실히 형님은 그 아이를 만나고 달라진 거 같습니다. 이러다간 어디에 귀의해도 이상하지 않겠어요."

"천사와 만났는데 당연히 달라져야지. 너희는 모르겠지

만, 그 아이의 부모도 모르고 있지만, 나는 봤다."

"한쪽 날개 말이죠?"

벌써 몇 번은 들은 이야기라는 듯 동생들은 귀를 후벼 팠다.

세상에 날개를 단 사람이 어디 있는가?

분명히 헛것을 본 거라고 생각했지만 그는 철석같이 믿고 있는 모양이었다.

"귀인께서 그 아이를 고쳐 주실 것이다. 이게 다 운명이고 인연이야. 내가 그 둘을 만난 건 필시 이런 역할을 하라고 하늘이 점지해 주신 거겠지."

"아이고, 대법 스님 나셨네."

동생들은 더 말해봤자 듣지 않을 걸 알기에 입을 닫았다.

하지만 그가 노란 메모지를 바라보는 표정은 분명히 상기되어 있었다.

이미 한 차례 기적을 만난 자만이 보일 수 있는 얼굴.

그는 벌써 두 번째였다.

'고귀하신 분이시여. 부디 그 아이를 고쳐 주십시오.'

노란 메모지를 정성스럽게 품에 안은 그가 다시금 북한산을 향해 한 차례 절을 했다.

스팟!

눈앞에서 불똥이 튀었다.

황금 청설모의 날카로운 발톱이 인중을 훑고 지나간 탓이다.

"이 빌어먹을 새끼!"

나는 고귀함이라곤 눈 씻고도 찾아볼 수 없는 언사와 함께 새총의 고무줄을 당겼다.

슈웅!

파악!

명중했다. 쇠구슬이 청설모의 머리를 뚫었다.

하지만 죽지 않았다. 벌써 수차례나 가격당했음에도 청설모는 불사신인 듯 날뛰고 있었다.

'얌전히는 안 죽어주겠다는 거냐?'

황금 청설모가 있는 거점을 특정하고 찾아내는 건 쉬웠지만, 이후 놈을 습격하는 과정에서 차질이 생겼다.

설마 머리에 정통으로 쇠구슬이 꽂히고도 즉사하지 않으리란 생각은 못 한 것이다.

'그래도 움직임이 많이 느려졌다.'

처음과 비교하면 뚜렷한 차이가 있었다.

효과가 아예 없진 않다는 뜻이다.

나는 숨을 크게 내쉬며 움직임을 극한까지 끌어올렸다.

귀환하고 나서 이렇게 열심히 활동을 하는 건 처음이다. 그래서 더욱 어색했다.

'후! 물먹은 스펀지가 된 기분이군.'

강자였던 시절, 돌아오기 전의 나는 하늘을 날고 100m를

1초에 주파하는 초인이었다.

하지만 지금의 몸은 평범함 그 자체다. 그 간극의 괴리 때문에 몸을 움직이는 게 쉽지 않게 느껴졌다.

자만했다. 고작 문을 찾는 일이라고 생각하여 쉽게 생각한 것이다.

'어쩐지 오늘 일진이 좋다 싶더라니.'

그러나 인간은 적응의 동물이다.

특히 나는 적응력이 남다른 편이었다.

캬아아아아아!

황금 청설모의 공격은 발악에 가까웠다.

녀석도 여유롭지는 않다는 방증이다.

하지만 분명히 황금색이었다.

우리엘 디아블로에게 전이되기 전에는 검은색으로 보였는데, 지금은 다시 원래의 색깔을 되찾은 것이다.

나는 숨을 간헐적으로 들이마셨다.

크게 심호흡을 할 시간적 여유가 없었다.

긁힌 상처가 늘어날수록 내 심장도 한계에 다다르는 중이었다.

동시에 화도 났다. 고작 이런 짐승 하나에게 고전하는 나 스스로에게 말이다.

'스킬. 스킬을 써야겠다.'

한 가지 방책은 있었다.

우리엘 디아블로와 동화되며 얻은 스킬들.

나는 만약의 사태에 대비해 지금껏 그 스킬들을 사용하지 않았다.

무려 9Lv의 스킬이다. 반발력이 생길 경우 내 몸이 그대로 터질 수도 있는 것이다.

물론 심안이야 탐색 스킬이니 그럴 가능성은 극도로 낮겠지만 조심해서 나쁠 건 없었다.

그러나 이대로 가다간 놈도, 나도 무사하진 못한다.

나는 잠시 고민하다가 고개를 끄덕였다.

'심안.'

그 순간이었다.

시야가 밝아지고 집중력이 높아졌다.

동시에 눈앞으로 글자들이 떠올랐다.

['심안(9Lv)' 이 발동합니다.]

이름: 황금빛 청설모(value-???)

능력치:

　　힘 17 민첩 25 체력 13

　　지능 10 마력 15

　　잠재력(80/80)

특이 사항: '문'을 품고 있어서 가치의 감정이 불가능합니다. 스스로의 의지로 신체의 장기를 옮길 수 있습니다. 심장과 뇌가 현재 오른팔과 왼쪽 다리에 존재하고 있습니다.

가치의 산정이 불가능해 지배자는 사용할 수 없다는 뜻이다.

하지만 그보다 중요한 '정보'를 얻었다.

우선 스킬의 사용에 의한 반발력은 없다는 것.

심안이 그렇다면 지배자도 그럴 것이다.

그리고 자세하게는 나오지 않았지만 정확히 내가 원하는 것을 보여줬다.

놈의 약점!

'장기를 옮길 수 있을 줄이야.'

이런 장기 자랑도 또 없다.

뇌까지 움직일 수 있다니 무슨 만화도 아니고!

나는 계속해서 심안을 발동시키며, 허리춤에 두른 천 조각 사이에서 세 개의 쇠구슬을 꺼냈다.

그중 하나를 빠르게 새총에 걸었다.

휘잉!

푸욱!

쇠구슬이 심장을 꿰뚫었다.

가아아아악!

청설모가 묘한 비명을 내질렀다.

하지만 쓰러지진 않았다.

나는 놈이 주춤하는 사이에 연달아 쇠구슬을 날려 보냈다.

투웅!

퍼억!

목을 맞췄고, 다음은 다리를 노렸다.

심장과 뇌, 그리고 척추가 부러지자 녀석은 그대로 벌러덩 넘어갔다.

쇠구슬이 열 개가 넘게 박힌 뒤에야 죽은 것이다.

"휘유!"

나는 식은땀을 훔쳤다.

전생에서의 경험이 없었다면 상대하지 못했다.

능력치의 차이도 차이거니와 머리를 꿰뚫어도 죽지 않는 놈에게 당황하여 줄행랑이나 치지 않으면 다행이었을 것이다.

['황금 청설모'와의 전투가 종료되었습니다.]

[100pt를 획득했습니다.]

[힘과 체력이 각각 '1'씩 상승합니다.]

['최하급 루비'를 획득했습니다.]

능력치가 올랐다. 포인트도 제법 짭짤했다.

이처럼 각성을 한 뒤엔 괴물을 잡거나 특수한 경험을 해야만 능력치를 올릴 수 있었다.

순수한 육체의 힘으로는 올릴 수 있는 한계가 낮고 명확했다. 무엇보다 엄청나게 느렸다. 차라리 어떠한 방식으로든 사냥을 하는 게 백배는 낫다.

"최하급 루비?"

문구를 읽어나가다가 마지막에서 정신이 확 깼다.

최하급 루비!

청설모의 시체에서 떠오른 엄지손톱만 한 붉은 루비가 천천히 나를 향해 날아들었다.

나는 그것을 낚아채곤 미소를 지어 보였다.

설마 여기서 보석을 얻게 될 줄이야!

손에 쥐고 집중하자 그와 관련된 설명들이 떠올랐다.

〈최하급 루비〉

능력: 보석구가 있는 장비에 박을 경우 힘+1

설명: 괴물의 체내에서 마력을 얻고 생성된 보석이다.

'하. 시작이 좋군.'

절로 탄성이 나왔다.

보석 종류는 괴물을 사냥할 때 아주 극악한 확률로 나오곤 했다.

루비, 토파즈, 에메랄드, 사파이어, 다이아몬드!

차례대로 힘과 민첩, 체력, 지능, 마력을 나타내는 보석의 종류였다.

이처럼 다섯 가지 종류의 보석은 종류와 등급에 관계없이 모을 수만 있다면 무조건 모아야 한다. 보석을 박을 수 있는 장비와 함께 사용하면 그 능력이 극대화되기 때문이다.

같은 등급의 보석 5개를 모아서 세공사 클래스를 가진 이에게 맡기거나, 후에 얻을 수 있는 '믹싱'에 넣어서 조합하면 상위의 보석을 얻을 수 있었다.

하지만 나조차도 상급 이상의 보석은 가져 본 적이 없었다.

그만큼 보석의 수급은 극악한 확률이었던 탓이다.

'보석은 천문학적인 가격에 거래되는 물품이지. 다이아몬드가 아닌 게 조금 아쉽지만, 그래도 나쁘지 않다.'

나중의 일이지만 최하급 루비 하나면 어지간한 도시의 빌딩 하나를 산다는 말이 있을 정도다.

물론 다이아몬드에 비할 바는 못 된다. 마력을 올려주는 그 보석은 그냥 부르는 게 값이었다.

그러나 초보적인 괴물을 상대한 것치곤 나쁘지 않은 보상이다.

루비를 챙기고, 다시 고개를 돌려 청설모의 시체를 바라봤다.

곧 생겨날 '현상'을 나는 기다리고 있었다.

지이이이잉!

이윽고 황금 청설모의 시체가 마구 흔들리기 시작했다.

털의 황금빛이 증발하듯 연기를 뿜고 올라오더니, 황금빛이 뭉치며 한 가지 형상을 만들었다.

그것은 둥그런 황금빛 공간이었다. 오로지 황금색으로 찬란하게 빛나는 3m 남짓의 공간이 허공에 나타난 것이다.

저게 문이다.

그중 황금색의 문은 가장 특별한 문 중 하나였다.

나는 거침없이 나타난 '문'을 향해 걸어갔다.

그리고 내가 문에 손을 댄 그 순간.

수아아아악!

황금빛이 전염되듯 내 전신을 감쌌다.

['고대의 제단(1Lv~5Lv)' 으로 향하는 '문'을 발견했습니다.]

[능력치 종합 150 이하만 입장이 가능합니다.]

[최초 발견자입니다. 1,000pt를 획득합니다.]

거친 황야.

'문'을 통해 내가 모습을 드러낸 곳은 굉장히 척박한 땅이었다.

나는 황야에 발을 딛고 주변을 둘러봤다.

하지만 아무리 둘러봐도 간혹 보이는 바위가 시선에 들어오는 전부였다.

'내 기억이 정확하다면 제단은 서쪽에 있다.'

나는 이곳에 와본 적이 없었다.

문서화된 정보와 소문 등을 출처로 하는 정보가 내가 아는 전부였다.

원래 내 시작은 북한산이 아니라 한라산이었으니까.

하지만 지금 한라산엔 나 대신 민식이가 있었다.

일단은 무작정 서쪽을 향해 걸어볼 수밖에 없는 듯했다.

'그나저나 최초 발견자라.'

들어오기 전 본 문구들.

워낙 오랜만에 보는 단어라 이제는 반갑기까지 했다.

그러고 보니 최초 발견자에겐 여러 종류의 혜택이 있었다.

포인트는 그중 하나이며, 간혹 능력치를 올려주는 축복이나 반쯤 완성된 지도를 받을 때도 있었다.

하지만 동시에 최초 발견자 혜택은 인류에게 있어서 독이었다.

'독식하려고 은폐하는 자들.'

'문'의 존재가 더욱 늦게 알려지게 된 가장 큰 원인!

초인들은 빠르게 뭉쳤으며 그들은 고의적으로 정보를 은폐하곤 '문'을 찾아 최초 발견자의 혜택을 독식했다.

이는 세계적인 현상이었고, 덕분에 1년 정도 초인시대로 향하는 발걸음이 늦춰졌다는 공식 문건이 있을 정도다.

그들이 욕심만 줄였어도 강력한 영웅이 수백은 더 탄생했을지 모른다. 더욱 많은 이가 기회를 접하고, 서로 정보를 공유하며 성장해 나갔겠지.

'민식아, 너는 어떤 길을 걸을 거냐?'

지금쯤 한라산에서 마검사의 기초를 닦고 있을 민식이를 향해 물었다.

놈은 영웅이 되고 싶다고 했다. 나보다 찬란한 영웅이 되어 세상을 구하겠다는 거다.

선택의 갈림길은 있었다.

정보의 공개, 혹은 독식!

하지만 얻은 것에 아쉬움을 느껴서 그저 욕망에 휘둘린다면 영웅은 될 수 없다.

영웅이란, 모든 걸 놓고 베풀며 겸손해하는 자리였기에.

'그래서 나는 영웅이 싫다.'

한 번으로 족하다. 이번 생에서는 음지에서 마음껏 살아갈 것이다. 남의 눈치 따위에 구애받지 않고 홀로 오롯이 서는 길을 택하겠다.

그렇다고 망가지겠다는 뜻은 아니다.

영웅이었던 시절의 '양심'은 분명히 남아 있었다. 품격이라고도 할 수 있을 것이다. 그 작은 선조차 없다면 마구 날뛰는 양아치와 무엇이 다르겠는가.

나는 상념을 접고 다시금 시선을 옮겼다.

'서쪽으로 가자.'

작게 혀를 차곤 움직이기 시작했다.

밤이 되면 괴물들의 활동이 활발해진다.

그 전에 최대한 이동하여 안전한 장소를 확보해야 했다.

휘이잉!

푹!

쇠구슬이 빠르게 날아가 놀의 머리통에 박혔다.

놀은 이족보행을 하는 개의 형상을 한 작은 괴물이다.

기껏 해야 1Lv의 최하급 괴물이지만 무리를 이뤄 돌아다니는 경우가 많았다.

'근처가 놀의 소굴이었군.'

나는 옷을 벗었다.

후각이 좋은 놀의 소굴이라면 사람의 냄새가 배어 있는 옷을 입고 있는 것만으로도 위험을 자초할 수가 있었기 때문이다.

나는 즉사한 놀의 시체로 다가간 뒤 조심스럽게 피를 거둬냈다. 이후 나체가 된 몸 구석구석에 놀의 피를 퍼 발랐다.

적어도 놀들이 갑자기 습격하는 빈도는 줄어들 것이었다.

나는 오로지 배낭 하나만을 챙기고 다시 발걸음을 옮기기 시작했다.

그렇게 서쪽으로 세 시간가량을 더 이동하자 이질적인 느낌의 거대한 꽃들이 보였다.

'거대 식인꽃이 있는 장소라면 일단 이 주변은 안전하겠군.'

거대한 꽃들의 정체는 바로 4Lv로 측정된 괴물이었다.

놈은 보통 곁을 지나가는 것이라면 모두 다 잡아먹었다.

하지만 소음이 생길 경우 촉수를 뻗어 최대 30m 근처에 있는 먹이들을 낚아챘다.

그러나 건드리지만 않으면 의외로 안전한 은신처를 제공하는 녀석이기도 하였다.

거대 식인꽃이 상주하는 장소에 다른 괴물이 있는 경우가 많지 않으므로.

나는 배낭에서 작은 삽을 꺼내 땅을 파고 그 안에 드러누웠다.

황야의 저녁은 매섭다. 체온을 유지하려거든 지열에 의지할 수밖에 없었다.

불을 피웠다간 야생성의 괴물들을 끌어모을 수 있는 탓이다.

'내일은 지배자 스킬을 사용해 봐야겠어.'

나는 마음을 편하게 가지기로 했다.

어차피 제단을 찾는 데 최소한 며칠은 더 걸릴 것이다.

그러니 그 시간을 아끼지 말고 최대한 활용하며 성장을 하자고 마음먹었다.

눈을 감자 그 즉시 수마가 나를 덮쳤다.

놈들의 영역은 끝이 없었다.

수많은 놈이 존재했고, 놈들은 자기들끼리 전쟁도 치렀다.

아마 놈들끼리도 영역 다툼을 하는 모양이었다.

['지배자(9Lv)' 스킬이 발동되었습니다.]

[지배가 완료되었습니다. 50pt가 소모됩니다.]

['놀5'가 그룹에 합류했습니다.]

[이제 주인의 권리를 행사할 수 있습니다. 지배된 대상의 지성이 허락하는 한도 내에서 명령을 내릴 수 있습니다.]

카아?

나를 발견하곤 공격적으로 다가오던 놀이, 지배자 스킬이 발동되자 순한 양처럼 변했다.

갑작스러운 변화에 한참이나 고개를 갸웃하다가 이내 내 뒤를 따르게 된 것이다.

엄청난 일이었다.

순식간에 적대감을 없애고 오히려 나를 따르게 할 줄이야.

우연이 아니다. 벌써 다섯 마리째였다.

'테이밍 스킬과 비슷한 면이 있군.'

다섯 번의 실험 끝에 어느 정도 '지배자' 스킬에 대한 이해를 잡을 수 있었다.

우선 지배자 스킬은 강제력을 발휘한다.

정신에까지 어느 정도 영향을 끼치는 듯싶었다.

하지만 그 영향을 끼치는 수위는 개체마다 달랐다.

명령을 따르긴 하되 적극적이지 않은 녀석도 있었고, 혼란을 느끼고 도망을 치려던 녀석도 있었다. 동시에 나를 부모처럼 여기고 친근하게 구는 놀까지 있는 걸 보면 또 다른 기준이 있을 수도 있었다.

하지만 공통적으로 내가 내리는 '명령'만큼은 수행한다.

예컨대, 지금처럼.

"저 놀을 죽여라."

한 마리만 따로 유인하여 놀들에게 덮치도록 명령해 봤다.

저 놀은 지금 내가 이끄는 다섯 마리의 놀들과 같은 영역에 있던 녀석이다.

과연 이 명령마저 따를 것일지 나는 궁금했다.

결과는 놀라웠다.

['놀 그룹'의 사냥이 성공적으로 끝났습니다.]

['놀 그룹'이 획득한 포인트가 주인에게 귀속됩니다.]

[5pt를 획득했습니다.]

성공!

게다가 놀들이 죽어서 얻은 포인트가 내게로 흘러왔다.

이는 소환사나 테이머가 가지는 속성과 비슷했다. 나는 가만히 턱을 쓸었다.

'잘만 활용하면 괴물 군단을 만들 수도 있겠군.'

심안과 마찬가지로, 지배자 역시 상상을 초월하는 스킬이었다.

오히려 소환사나 테이머보다 낫다.

지배자는 발동하는 즉시 효력을 발휘한다. 반면에 그들은 소환수나 짐승들을 길들이는 데 시간이 들어갔다.

어지간한 소환수를 길들이는 데 걸리는 시간은 평균 삼 개월. 천부적인 재능이 있는 천재 소환사라 할지라도 수십 일은 걸린다.

괴물이 공격하지 못하도록 속박, 구속한 뒤, 소환사의 스킬들로 주종의 계약을 맺고 규칙을 새기는 데 걸리는 시간이었다.

'지배자는 전략적으로도 사용할 수 있는 가능성이 있다. 가치를 어떻게 평가하는지만 알아낼 수 있다면.'

보다 많은 표본이 필요하다.

놈도 저마다 들어가는 포인트가 달랐다.

단순한 능력치의 차이인가? 잠재력, 또는 스킬까지 함께하는 건가?

그것도 아니라면 또 다른 영향력도 포함되는 걸까?

어찌 됐든 마음만 먹으면 대통령도, 세계적 권위자도 내마음대로 부릴 수 있게 된다는 뜻이다. 뿐만 아니라 회귀 전나를 죽였던 하늘까지 닿은 뱀의 형상, '안다니우스'와 같은 고유의 괴물마저 내 뜻대로 할 수 있다는 것이었다.

물론 포인트가 썩어날 정도로 많아야 하긴 하겠지만.

'라이라 디아블로가 30만 포인트였지.'

역시 아득하다.

각성 이후 최후의 영웅이 될 때까지 번 포인트의 총합이 50만 정도 될 터였다.

하물며 지금의 라이라 디아블로는 전부 성장한 상태가 아니었다.

과거 지구를 침략했을 때의 그녀는 훨씬 강했다.

그때를 기준으로 하면 30만이 아니라 50만을 전부 써도 부족했을 것이다.

'고작 스킬 하나가 클래스 하나를 보완해 버릴 줄이야.'

여러 번 곱씹어도 이 스킬의 잠정적 가치는 대단했다.

작게 웃고 말았다.

우리엘 디아블로와의 동화는 내게 있어서 축복이었다.

그가 내게 선물한 '심안'과 '지배자'는 찰떡궁합의 스킬.

어떻게 사용하느냐에 따라서 무엇보다 강한 무기가 될 수 있으리라.

'지금 내가 가진 포인트로는 놀을 최대 130마리까지 거둬들일 수 있다.'

지배자. 마음먹기에 따라서 군단을 만들 수도 있는 힘.

포인트는 신중하게 사용해야 하지만 무려 9Lv의 스킬을 실험하는 일이다. 이 정도는 투자할 가치가 있었다.

나는 잠시 고민했다.

그리고 결정했다.

한번 해보기로.

카아아악!

키아아아악!

백 마리가 넘는 놀이 하나가 되어 소수의 놀들을 핍박하고 있었다.

굉장히 보기 드문 광경이었지만 나는 그를 흐뭇하게 웃으며 바라보고 있었다.

'다굴 앞에 장사 없는 법이지.'

6,000에 가까운 포인트를 들여서 정확히 127마리의 놀을 지배했다. 어지간한 소환사나 테이머에게도 불가능한 이적. 아무래도 이 '지배자' 스킬로 지배할 수 있는 숫자는 크게 한계가 없는 듯싶었다.

그리고 그 결과가 눈앞에 펼쳐지고 있었다.

나 혼자였다면 일단 피하고 봤을 놀의 무리를, 숫자로 찍어 누르는 아주 아름다운 광경이!

['놀46'이 사망했습니다.]

['놀 그룹'의 전투가 성공적으로 완료되었습니다.]

['놀 그룹'이 획득한 포인트가 주인에게 귀속됩니다.]

[130pt를 획득했습니다.]

['놀 그룹'에 대하여 '오늘부터 우리는 하나다(힘민체+1)' 버프가 적용되기 시작합니다.]

그룹 버프!

능력치를 총 3이나 올려주는 버프가 놀 그룹에 적용되기 시작했다.

아쉽게도 나에게까지 영향을 미치진 않았지만, 100마리가 넘는 놀의 능력치가 일시에 올라갔으니 이는 굉장한 이변이었다.

비록 한 마리가 죽긴 했지만 그 이상의 이득이라 할 수 있었다.

'심안.'

나는 심안을 발동시켜 놀들을 확인했다.

이름: 놀1(value-51)

종족: 놀

능력치:

힘 13(12+1) 민첩 14(13+1) 체력 11(10+1)

지능 5 마력 6

잠재력(51+3/110)

특이 사항: '오한성'에게 귀속된 상태입니다. '오늘부터 우리는 하나다' 버프의 효과를 받고 있습니다.

대부분의 놀이 가진 능력치는 위와 같은 상태를 크게 벗어나지 않았다. 놀들은 사냥을 하며 더욱 강해졌으며, 적어도 나머지 잠재력을 채울 때까진 성장해 나갈 것이다.

'놀이라 그런지 한계가 명확하긴 하군.'

고작 110이 한계치다.

100마리가 넘는 놀 중 가장 높은 녀석이 115였다.

2Lv까진 성장할 수 있다는 데 의미를 둬야 하는 걸까.

물론 놈은 최하급 중에서도 최하급의 괴물이니 어쩔 수 없는 부분도 있었다.

잠재력 자체의 평균치는 인간이 훨씬 높은 편이었다.

'사람의 잠재력 평균치는 250정도.'

보통 능력치 총합 50을 기준으로 1Lv씩 올라가는 구조인데, 평균 250…… 그러니까 인간의 경우 5Lv 정도가 평균이었다.

'태생적인 잠재력은 300부터 조금씩 희귀해진다.'

어디까지 사람에 한해서다.

이 역시 통계가 있었다.

300 이상은 만 명 중 하나.

350 이상은 십만 명 중 하나.

400 이상은 백만 명 중 하나.

450 이상은 천만 명 중 하나.

450부터는 10단위로 세분화되어, 기하급수적인 확률로 존재하게 된다.

현재 내가 가진 잠재력 총합은 456. 이는 대충 '1/20,000,000' 정도에 속하는 확률의 기적이었다.

물론 기대치가 낮아도 스킬의 상태, 칭호나 보석, 혹은 기연이라 일컫는 기적과의 만남으로 그 이상을 바라볼 가능성도 없지는 않았다.

'나도 더는 구경만 하고 있을 순 없지.'

놀들의 전투를 보니 괜히 몸이 달아올랐다.

100마리가 넘는 놀과 함께 전투를 펼친다면 혼자서 사냥하는 것보다 더욱 빠른 성장이 가능할 것이다.

나는 서쪽으로 향하며 보이는 족족 놀들을 사냥했다.

간혹 숫자가 많으면 조금씩 끊어 먹으며 몰살시켰다.

그렇게 벌어들인 포인트로 오히려 놀을 더 늘렸다.

원래의 영역에서 군림하던 놀들에겐 비상이 걸린 셈이다.

나는 생태계 교란종이었다.

['놀 161' 이 '놀 그룹' 에 합류했습니다.]

['놀 그룹' 의 레벨이 '3' 으로 격상합니다]

처음 120여 마리에서 시작한 게 고작 7일여 만에 150마리로 늘어났다.

문제는 내 능력치가 성장하고 군단의 숫자가 늘며 더 이상 놀을 사냥해도 크게 포인트를 얻지 못하게 되었다는 점이다.

'놀 사냥은 여기까지 해야겠군.'

포인트를 모으기 힘든 이유였다.

강해지면 강해질수록, 포인트는 더 적게 들어온다.

반대로 약한 상태에서 강한 적을 처치하면 더욱 많이 들어왔지만 그런 경우는 거의 없었다.

일반적인 놀을 사냥해서 포인트를 얻는 건 이제 한계에 다다랐다.

능력치가 오르는 속도도 현저하게 줄어들었다.

나는 허공에 십자 인을 그렸다.

[사용자의 정보가 갱신됩니다.]

이름: 오한성

직업: 無

칭호:

- 무자비한 놀 학살자(3Lv, 체력+4)

능력치:

힘 29 민첩 25 체력 28(24+4)

지능 15 마력 16

잠재력(109+4/456)

특이 사항: 알 수 없는 힘에 의해 잠재력이 크게 상승했습니다.

스킬: 심안(9Lv), 지배자(9Lv), 전이(???)

[전후 비교]

힘 11 민첩 11 체력 10 지능 9 마력 10 잠재력(51/456)

힘 29 민첩 25 체력 28 지능 15 마력 16 잠재력(109+4/456)

절벽 수준으로 가파른 성장이었다.

나 혼자였다면 이 시간으로 이만한 성장을 이뤄내지 못했을 것이다.

놀들을 대동하여 함께 전쟁을 치렀기에 가능한 일이었다.

칭호도 하나 얻었다.

칭호는 아무리 많이 얻어도 부족함이 없다.

잠재력을 돌파할 수 있는 몇 안 되는 수단 중 하나였기에.

그만큼 조건이 까다롭고 얻기 어렵지만, 피똥을 싸면서도 얻을 가치가 있었다.

'여기서 치프만 잡으면 칭호의 레벨이 더 올라가겠지만.'

나는 고민했다. 이곳 황야를 다스리는 놀 치프는 대략 셋 정도가 있었다. 내가 파악하기로는 그랬다.

하지만 놈들과 부딪히기엔 아직 역부족한 상황이었다.

놀 치프는 5Lv의 괴물이다. 군락에서 수천 마리의 놀과 함께한다.

지금 부딪혔다간 전멸을 면치 못할 것이다.

'일단 에인션트 원의 힘부터.'

순서를 정하는 건 굉장히 중요하다.

나 자신을 과신하지 말아야 한다. 여기서 굳이 도박을 걸 필요가 없었다.

평범한 놀의 사냥은 여기까지였다.

이제는 본격적으로 제단을 찾을 시간이었다.

다행히 저 멀리서 어렴풋이 구조물 따위가 보이고 있었다.

무너진 신전, 무너진 탑, 무너진 제단들.

무작정 서쪽으로 이동하여 간신히 도착할 수 있었다.

'곧 판가름이 난다.'

에인션트 원의 힘을 온전히 손에 넣느냐, 아니냐에 따라서 판도가 뒤집어질 것이다.

나는 주먹을 꽉 쥐곤 빠르게 걸어 나갔다.

그런 내 뒤를 150여 마리의 놀이 따랐다.

반쯤 무너진 제단이 유독 많은 장소.

이곳의 모든 제단은 '시련'을 내린다.

시련의 종류는 모두 달랐고 그에 통과한 자는 합당한 보상을 얻는다.

반대로 시련을 이기지 못한 자는 그대로 강을 건너 삼도천 행이었다. 시련을 이기지 못하면 제단을 다시 빠져나올 수가 없기 때문이다.

'이곳에 있는 제단의 숫자는 56개.'

많기도 하다.

그리고 이 56개의 제단 중 한 사람당 하나의 제단만 섭렵하는 게 가능했다.

무려 56명이 이곳에서 기회를 얻을 수 있지만, 말 그대로 정보가 없으면 도박을 행하는 것과 같았다.

제단은 중심지로 갈수록 난이도가 올라간다.

그리고 '에인션트 원'의 제단은 정확히 중심에 존재하고 있었다.

'에인션트 원. 최초의 용…….'

나는 그 앞에 섰다.

다른 제단들보다 훨씬 크고 웅장했다.

입구 위에 조각된 거대하기 짝이 없는 용의 형상은 오랜 시간이 지났음에도 그 형태를 유지하고 있었다.

에인션트 원.

최초의 용이자 최강의 용.

한때 최후의 영웅이었던 나와 제법 비슷한 사연을 지닌 녀석이다.

이곳의 시련에 대해선 제대로 알려진 바가 없었다.

제단은 한 번 완료되면 다른 사람이 다시 들어가서 도전하지 못한다. 그 특성상 공략법이라고 할 만할 게 돌아다닐 이유가 없는 탓이다.

말인즉, 내 스스로 개척해야 한다는 뜻이었다.

반쯤 무너진 문 앞으로 다가서자 경고문이 떠올랐다.

[에인션트 원의 제단입니다.]

[난이도: 불가능]

[입장하시겠습니까?]

난이도는 도전한 사람의 상태에 맞춰서 측정된다.

어디까지나 능력치만 따지기 때문에 외적인 요소는 배제
된다.

지금 내 능력치로는 '불가능'이 떠올랐지만, 내겐 심안과
지배자가 있었다. 그리고 누구보다 풍부한 경험이 있었다.

게다가 폭사한 그 녀석이 시련을 이겨냈다면 나라고 못 할
이유도 없었다.

입장할 거냐고?

'당연한 소리.'

그대로 문 안으로 들어갔다.

그리고 다행히 150마리의 놀도 '내 것'으로 판정이 된 모양
이었다.

놀들이 모두 입장하자 쿵! 소리와 함께 문이 닫혔다.

쉬이잉!

퍼억!

캄캄한 어둠 속.

시작부터 화살이 날아들었다.

['놀23'이 사망했습니다.]

놀 한 마리의 비명횡사와 함께 나는 더욱 긴장하며 주변을

살폈다.

통로였다.

긴, 끝이 보이지 않는 통로.

설마 이 통로를 지나갈 때까지 화살이 튀어나오는 걸까?

'가능은 하겠군.'

민첩이 낮아 정면에서 날아오는 화살을 피할 순 없겠지만, 미리 화살이 날아올 만한 경로를 파악하고 움직이는 것은 가능할 터였다.

하지만 그런 내 생각을 비웃듯 뒤에서 광음이 들려오기 시작했다.

퉁. 퉁. 투루루룽!

굴러온다. 무언가가 굴러오는 소리다.

나는 뒤를 돌아봤다.

입구에서부터 거대한 굴렁쇠가 내가 있는 곳을 향해 정면으로 달려오고 있었다.

"뛰어라!"

나는 명령했다.

그리고 입을 열기 전부터 달리고 있었다.

쉬이이익!

퍼억!

['놀121' 이 사망했습니다.]

정보를 읽을 시간도 없었다.

화살이 날아올 경로를 파악할 시간은 더더욱 없었다.

"이런, 젠장할!"

나는 놀들을 방패로 삼았다. 그리고 발에 땀띠가 나도록 뛰었다.

헉, 헉, 헉……!

죽을 것 같았다. 굴렁쇠와 화살로 끝이 아니었다.

일정한 간격으로 뛰어오르는 용암, 불특정하게 떨어지는 커다란 고드름, 영원히 타오르는 불길과 식육 박쥐의 늪을 통과했다.

덕분에 머리는 홀라당 타버렸으며 전신이 성한 구석이 없었다.

나를 따르던 놀도 150마리에서 이제는 30마리 정도만이 남아 있을 따름이었다.

'불가능이 괜히 불가능이 아니었어.'

끝이 없었다.

왜 '불가능' 판정이 나왔는지 알겠다.

'도대체 이전 놈은 어떻게 여길 통과한 거야?'

운이란 능력치를 한계치까지 찍은 게 아니라면 골백번은 죽어도 이상할 게 없는 함정들이었다.

당장 나만 해도 다섯 번은 죽을 뻔했다.

하지만 그것도 이제는 거의 막바지였다.

길을 따라 계속해서 지하로 향하자 넓은 호수가 나타났다.

호수는 아름다웠다. 눈이 멀 정도로 투명했다.

그리고 호수의 끝에, 용의 시체가 있었다.

'저게 에인션트 원인가?'

나는 반 이상 타버린 머리를 박박 긁으며 시선을 올렸다.

족히 100m는 되어 보이는 신장. '거대 괴수'급에 들어갈 만한 크기다.

어지간한 용도 50m를 넘지 못하는 걸 생각해 보면 저 시체는 정말 엄청 큰 것이었다.

족히 수천 년은 방치된 것만 같은 모습이었다. 뼈만 남아서 휑하기까지 했다.

하지만 아직도 남아 있는 장기가 있었다.

'심장.'

다시 봐도 믿기지 않은 장면이었다.

심장만은 남아서 격렬하게 요동치고 있었다.

나는 호수에 반쯤 발을 걸쳤다.

동시에.

쿠르르르르릉!

동굴 전체가 흔들렸다. 호수의 물결이 사방으로 퍼져 나갔다.

이윽고 호수의 물이 회오리치더니 하나로 뭉치며 특정한 형상을 만들었다.

[제단 수호자 '알 아락사르' 가 등장했습니다.]

그것은 물의 기사였다.

푸른 물결이 요동치는 갑옷을 입은 남자가 물 위에 떠올라서 나를 내려다보고 있었다.

엄청난 존재감이었다. 이만한 존재감은 거의 느껴본 적이 없었다. 그나마 데몬로드나 전율의 여왕을 처음 접했을 때 이러한 느낌을 받았다.

'심안.'

나는 심안을 사용했다.

지금 나타난 기사의 내용물을 확인하고 싶었기 때문이다.

이름: 알 아락사르(value-500,000)

종족: 용아병

직업: 제단의 수호자

칭호:

- 에인션트 원의 가디언(9Lv)
- 물을 다루는 자(8Lv)

능력치:

힘 90 민첩 90 체력 90

지능 90 마력 90

잠재력(450/450)

특이 사항: 에인션트 원이 심혈을 기울여 만든 기사.

보여주는 건 이게 전부였다. 더 투시해 보고자 했지만 심안의 힘으로도 기사의 모든 걸 알아낼 순 없는 듯싶었다.

하지만 이것만 봐도 충분했다.

최소한 지금 상황에서 '건드리지 말아야 할 존재'임에는 분명했으니까.

건드리는 순간 끝이다. 숨 한 번 들이쉬지 못하고 황천으로 향하리라.

'초보자 던전에 있을 놈은 절대 아니군.'

제단으로 향하는 문은 능력치 총합 150 이하만 들어올 수 있었다. 시련은 어디까지나 그 능력치 한도 내에서 결정이 되는 법이었다.

불가능이라 하지만 그럼에도 이길 수 있는 가능성이 있을 경우에만 상정되는 것이다.

반면 눈앞의 기사는 말 그대로 '불가능'이었다.

나는 꿀꺽 침을 삼켰다.

산 넘어 산이 아니라 산 넘어 천국이 보이고 있었다.

"오랜만의 손님이로군."

"에인션트 원의 힘을 받으러 왔다."

선전포고였다. 목적은 확실해야 하는 법이다.

그런데 기사의 입에서 튀어나온 말이 의외였다.

"좋다. 이대로 돌아간다면 그 힘을 내어주마."

"뭐……?"

이맛살을 구기고 말았다.

너무 쉬운 허락이었다.

이대로 돌아가기만 한다면 에인션트 원의 힘을 주겠다고?

내 마음을 읽은 것처럼 기사가 말했다.

"여기까지 온 것만으로도 그대의 자격은 확인되었다. 그대는 충분히 에인션트 원의 힘을 공유할 가치가 있는 자다."

맥이 빠졌다.

하지만 마지막 한 단어가 묘하게 걸렸다.

'공유할 자격이라.'

취하는 게 아니다. 공유한다는 것이다.

한마디로 온전한 에인션트 원의 힘을 양도하지 않겠다는 의미였다.

나는 고작 누군가가 '빌려주는 힘' 따위를 받으러 온 게 아니다.

가지러 왔다. 쟁탈하기 위에 도착했다.

하여, 나는 내 사심을 아낌없이 말했다.

"내가 원하는 건 에인션트 원의 전부다. 공유를 받기 위해 여기까지 온 것이 아니다."

"욕심이 과하군. 그러려면 나를 쓰러뜨려야 한다."

알 아락사르가 오른손을 뻗었다.

스컹!

콰아앙!

물이 채찍처럼 뻗어 나와 내 뺨을 때렸다.

그대로 바닥을 강타하자 깊은 구멍이 생겨났다.

이것만으로도 실력의 차이는 확인한 셈이다. 굳이 더 할 필요는 없었다.

하지만…….

"알 아락사르! 물의 기사여. 너의 시련을 받겠다."

"나와 대결하겠다는 의미인가?"

"필요하다면!"

나는 강하게 나갔다.

그의 눈을 똑바로 바라봤다.

그리고 그 순간, 전신이 서늘해지기 시작했다.

몸이 부들부들 떨렸고 온몸에서 땀이 흘러나왔다.

'살기.'

죽이고자 하는 기운.

알 아락사르와 내 차이는 하늘과 땅 정도다.

눈앞의 기사는 그저 눈빛만으로도 나를 죽일 수 있었다.

'그런데도 나를 죽이지 않고 있다. 이건 시험이다.'

'문'을 들어오는 제약. 분명히 이곳은 초보자도 노력하면 결과가 생기는 장소다. 이런 곳에 저런 괴물이 존재한다는 건 원래는 있을 수 없는 일이다.

하지만 또 다른 '시련'이라면 이해가 되었다.

알 아락사르의 태도도 이런 내 확신을 키우는 데 동조했다.

알 아락사르는 마치 나를 도발하는 듯한 언행을 보이고 있었다. 살기를 흩뿌리고, 얼마나 견디는지를 흥미롭게 바라본다.

시험이다. 내가 어디까지 향하는지 보고 싶어 하는 열망이 그의 두 눈에는 있었다.

아마도 이전 도전자는 여기서 포기했을 것이다.

하나 나는 달랐다.

꽈드득!

이를 악물었다.

피가 새어 나오고 이가 나갈 정도로 꽉.

눈에서 핏줄이 올라오고 머리 위로 열이 오를 만큼 전신을 뜨겁게 달궜다.

찰나지만 영원과 같은 시간이 계속해서 흘러갔다.

이윽고, 알 아락사르가 감탄을 내뱉었다.

"내 기운을 견디다니, 범상치 않은 자로군."

"나는 에인션트 원의 힘을 원한다. 그것을 얻기 전까지 돌아갈 생각은 없다."

"그래?"

알 아락사르가 가소롭다는 듯이 피식 웃음을 지었다.

그러고는 물 위를 걸어와 정확히 내 앞에 섰다.

"물은 상대를 비추는 거울이라는 말이 있다. 마찬가지로 나는 상대방에 따라 체격을 줄일 수도, 부풀릴 수도 있지."

말이 끝나자마자 알 아락사르의 모습이 변하기 시작했다.

"지금의 나는 너와 같다. 지금 네가 발휘하는 힘 이상을 사용할 수 없다. 이 모습의 나를 이긴다면, 에인션트 원의 온전한 힘을 그대에게 이양하마. 반대로 패배한다면 그대는 목숨을 잃을 것이다."

알 아락사르의 모습이 나로 변했다.

반 이상 타버린 머리까지 재현한 건 조금 그랬지만 거울을 놔둔 듯 똑같은 모습이었다.

모공의 털 하나마저 똑같아서 반감이 생길 수준이었다.

그나저나 정말 나와 똑같은 걸까?

그 '똑같음'의 기준은 어디까지인 걸지.

나는 몸을 풀었다. 똑같다는 건 어디까지나 내 능력치나 외형에 그칠 것이었다. 상식적으로 내 경험과 기억까지 가져갈 순 없는 노릇이다.

그렇다면, 승기가 있었다.

오히려 여기까지 오면서 겪은 일들보다 더 쉬울 수도 있었다.

"알 아락사르여! 이 대결, 흔쾌히 받아들이지."

"미련한 인간이로군. 혹시 원하는 무기가 있는가?"

알 아락사르는 자신의 승리를 확정 짓고 있었다.

상대에게 무기를 쥐여 주는 여유를 부리는 걸 보면 말이다.

나는 고개를 끄덕이며 말했다.

"검. 날이 제대로 서 있는 적당한 검 한 자루면 된다."

나는 마검사였다.

당연히 검술도 수준급의 경지에 올라 있었다.

오히려 나는 마법보다 검을 더 좋아했다. 마법으로 죽이는 것보단, 검의 그 베는 맛이 훨씬 내게 맞았던 탓이다.

검의 종류는 딱히 상관없었다. 적어도 모든 검을 비슷하게 다룰 줄 알았다.

"받아라."

알 아락사르의 말이 끝나기 무섭게 호수의 안쪽에서 롱소드 한 자루가 튀어나왔다.

날아오는 걸 그대로 낚아채고 알 아락사르에게 겨눴다.

하지만 알 아락사르는 여전히 태평했다.

"검으로 나를 상대하게 된 걸 후회하게 될 것이다. 에인션트 원께서 모든 검술을 집대성해 만든 존재가 나이기 때문이다."

"잡설이 길군."

"죽을 때도 그 태도를 유지할 수 있을지 궁금하구나. 어리석은……."

첨벙!

차아아앙!

선수를 날렸다.

가만히 듣고 있을 수가 없었다.

나와 똑같은 사람이 바로 앞에 서 있다는 건 생각 이상으로 혐오스러운 일이었다.

내 검을 막아선 알 아락사르가 더욱 표정을 굳히며 약간 화가 난 어조로 말했다.

"……인간이여."

무례한 인간이었다.

알 아락사르는 그렇게 생각했다.

수천 년 만에 처음 들어온 손님에 호기심을 느꼈으나, 그 뿐. 이토록 버릇없는 인간과 더는 말을 섞고 싶지 않았다.

마침 검을 골랐으니, 인간은 아무리 발악해도 자신을 이길 수 없을 것이다.

에인션트 원은 세상의 모든 것에 관심이 있었고, 특히 검술처럼 체계적으로 정리된 기술에 흥미를 많이 가지고 있었다.

그런 에인션트 원이 세상의 모든 검술을 집대성해서 만든 게 알 아락사르다.

하지만 검을 나눌수록 무언가 이상함을 느꼈다.

'제법 검술에 조예가 있구나.'

알 아락사르 자신이 인정할 정도로 검에 재능이 있는 인간이었다.

그러나 고작 일백 년을 겨우 사는 인간이다. 아무리 갈고 닦아도 한계가 있었다. 수천 년을 살아온 자신을 이길 수는 없었다.

챙! 챙! 채에에엥!

검이 부딪히는 소리가 동굴에 울려 퍼졌다.

놀랍게도 알 아락사르는 한 발자국씩 밀려나고 있었다.

인간의 검술은 굉장히 공격적이었다. 자신의 모든 걸 버리고 오로지 공격에만 집중했다.

'인간의 검술이 이토록 정교했던가?'

그조차도 살짝 놀랐다.

자신이 가지고 있는 검술은 모든 종족에게서 가져온 것이었다.

그러나 이런 공격 일변도의 검술은 없었다. 마치 공격만이 최고의 방어라는 듯이 움직이고 있지 않은가.

덕분에 알 아락사르는 자신이 자랑하는 검술을 펼칠 시간조차 없었다.

압살!

말 그대로 짓뭉개고 있었다.

인간이, 검술의 집대성인 자신을!

'있을 수 없는 일이다.'

알 아락사르가 수비에서 공격으로 태도를 전환했다.

막고만 있어선 이길 수 없다고 판단한 것이다.

둘 다 방어를 포기했다. 자잘한 상처는 신경 쓰지 않았다.

정교하고 체계적인 검술?

오로지 승리를 위해 검을 휘둘렀다.

채에에엥!

그렇게 이백 합쯤을 겨뤘을 때일까.

검 한 자루가, 허공을 날았다.

나는 짙게 미소 지었다.

'이겼다.'

날아간 검은 알 아락사르의 검이었다.

나는 그대로 검을 뻗어 목에 겨눴다.

알 아락사르는 당황한 듯했다. 무표정한 얼굴은 그대로였지만 입이 근질거리는 걸 막을 수 없다는 게 느껴졌다.

"어떻게 된 것이냐. 인간의 검술 따위가 어찌……."

"검술은 제법 자신이 있는 분야라서."

내 말에 약간의 희망을 보았다는 듯 알 아락사르가 말했다.

"그런가. 그대는 그럼 인간 중에서도 가장 검을 잘 다루는 모양이군."

같은 능력으로 대결에 임한다면 결국 순수한 기술에 따라 승패가 나뉜다.

극을 넘어설 정도로 검술에 조예가 깊다면 어느 정도는 납득할 수 있다고 생각하는 듯싶었다.

하지만 아쉬운 일이었다.

나보다 검을 잘 다루는 자는 꽤 있었다.

"잘 다루긴 하지. 한 일곱 번째쯤?"

굳이 따지자면, 검술 하나만 놓고 보면, 인류에서 한 일곱 번째쯤으로 잘 다뤘다.

알 아락사르의 표정이 처음으로 흔들렸다.

"그게 무슨 뜻이냐?"

"나보다 뛰어난 천재들이 있다는 뜻이다, 알 아락사르."

나는 나 스스로를 둔재라고 생각했다.

그래서 죽기 살기로 검을 익혔지만, 재능을 갖추고 노력까지 하는 이들을 이길 순 없었다.

검신, 검성, 검귀. 그러한 이름으로 불리던 자들.

나는 그 대열에 끼지 못했다.

그래도 그들을 제외하면 나를 검으로 이길 자도 없었던 게 사실이다.

"일곱 번째……."

알 아락사르가 눈을 감았다.

생각이 많아 보였다.

자존심에 여간 상처를 받은 게 아닌 듯했다.

쉬이이익!

잠시 후 알 아락사르가 다시금 원래의 모습으로 돌아갔다.

그러고는 손을 뻗자, 에인션트 원의 뼈 사이에 있던 심장이 천천히 날아왔다.

"에인션트 원의 심장이다. 오랜 시간이 지나며 힘이 많이 약해졌지만, 그 격만은 온전히 유지하고 있느니라."

"어떻게 해야 하지?"

알 아락사르가 짧게 답했다.

"먹어라!"

먹으라고?

그 간단명료한 대답에 나는 잠시 멍해질 수밖에 없었다.

두근! 두근!

심장은 세차게 뛰고 있었다.

바라보는 것만으로도 현기증이 났다.

심장의 두근거림이 세상을 향해 포효하는 느낌이었다.

"그리하면 에인션트 원의 권능이 그대에게 깃들 것이다."

한 박자 늦은 부연 설명이었다.

나는 에인션트 원의 심장을 건네받았다.

원시적인 방법이지만 가장 확실한 수이긴 하였다.

비위가 상하진 않았다. 이것보다 더한 것도 많이 먹어봤으니까.

다만, 심장에서 느껴지는 무게감이 장난이 아니었다.

나는 숨을 크게 들이켜곤 입을 열었다.

와그작! 와그작!

그리고 그대로 에인션트 원의 심장을 물어뜯기 시작했다.

4장
오딘의 보물 창고

핏물이 입 주변을 적셨으나 아랑곳하지 않았다.

맛은 그럭저럭이었다. 적당히 비릿하고 역겨웠다.

씹는 식감은 고무와 같았고 삼킬 때마다 목에 들러붙어 접착제라도 발라놓은 듯싶었지만 몸에 좋은 거라면 강철도 씹어 먹을 준비가 되어 있었다.

하지만…… 이상하다.

보통 이러한 영약, 아니, 신약(神藥)이라 해야 할까?

최초의 용의 심장을 섭취함에도 몸에 따르는 별다른 변화가 없었다.

보통은 한입 베어 문 순간부터 전신이 찌릿하고 마력이 용솟음치는 그런 맛이 있어야 했다. 내가 과거에 먹어온 수많은 영약이 그러했으니까.

'설마 가짜는 아니겠지.'

심장을 마저 삼킨 뒤 나는 이맛살을 구기며 알 아락사르를 바라봤다.

알 아락사르는 여전히 폼을 잡는 형태로 나를 바라보는 중이었다. 원래부터 숨을 안 쉬어도 살아가는 녀석이라 기복이 없기는 했지만 묘할 정도로 움직임이 없었다.

나는 즉시 몸을 돌렸다.

놀들이 온갖 동작을 하며 고정되어 있었다.

호수에 이는 물결조차도 미동이 없었다.

'……시간이 멈췄다.'

그렇다. 변화는 있었다. 내 몸의 내부적인 변화가 아니라, 세상 전체가 멈춰 버렸다.

이런 경우는 처음이었다.

유니콘의 뿔을 갈아서 달인 물이나 불사조의 심장 등을 먹을 때도 변화는 오로지 내 몸에 국한되어 있었다.

한데…… 시간이 멈추다니.

아니다. 어쩌면 나만 다른 시간의 경로에 서 있는 것일지도 모르겠다.

그러니 나의, 나만의 변화라고 봐야 맞는 것일는지.

이런 상태에서 움직이는 건 위험했다.

만약 신체의 변화가 진행되는 와중이라면 마력이 폭주할 위험이 있었다.

그래서 일단은 기다려 보자고 마음먹었다.

1시간, 2시간, 하루, 이틀······.

'언제까지 기다려야 되는 거야?'

일주일이 지나도 변화가 없었다.

세상은 여전히 멈춰 있었다.

아무리 초인적인 인내심을 가진 나라지만 슬슬 뭔가가 잘 못되었음을 느낄 수밖에 없었다.

잘못됐다. 아주.

알 아락사르를 건드려 봤지만 꿈쩍도 안 했다. 놀들 역시 그 자리에 그저 고정되어 있었다. 세상의 모든 것이 내 영향을 받지 않았다.

'물리법칙에서 벗어난 공간. 또는 내가 내 자신의 육체에서 벗어났다는 것.'

두 가지 가설을 세웠다.

그러나 시간이 멈췄는데 일반적인 법칙 속에서 생각할 수만도 없었다.

그렇다면 두 번째.

내가 내 육체에서 벗어나, 영혼만이 빠져나왔다는 것!

나는 본래 혼의 존재를 믿지 않았다. 그러나 회귀하면서 그런 게 있을 수도 있다는 생각쯤은 해보게 됐다.

설마 자신이 그 상태가 되어버릴 줄은 몰랐지만.

'그렇군. 영혼의 세상인가.'

작은 깨달음이었다. 내가 육신을 벗어 던졌다는 걸 깨달은 순간 내 몸이 분리됐다.

육체는 다시금 멈춰 버린 시간에 속하게 되었고, 정신만이 떠올라 부유하게 됐다.

그러자 나의 혼 주변으로 여섯 개의 문이 떠올랐다.

'여섯 개의 세계.'

에인션트 원. 그가 내게 보여주는 세상이었다.

여섯 개의 문은 각각이 다른 '세계'로 들어가는 입구였다.

그래…… 저 여섯 개의 세계는 '육도(六道)'다.

온갖 망자와 괴물들이 살아가는 아수라장.

이것이 에인션트 원의 권능이었다.

그는 문을 관리하는 '수호자' 내지 '관리자'였던 모양이다.

여섯 개의 세상에서 속된 존재들이 이 세계로 침범하지 못하도록 막고 있었다.

하지만 그는 죽었다. 그리하여 심연과 인간계가 연결되고 말았다.

온갖 괴물과 데몬로드가 침범했던 이유, 에인션트 원을 비롯한 '위대한 존재들'의 죽음이 그 시작이었던 셈이다.

'인간계를 관리하던 위대한 존재들. 그들이 모두 죽었다. 누군가에 의해…… 죽었다.'

에인션트 원의 기억이 단편적으로 흘러들어 왔다.

덕분에 나는 자연스럽게 '이해'할 수 있었다.

세계의 이면과 이 모든 일의 시작을!

하지만 범인은 알 수 없었다.

그러나 짐작은 갔다.

거신. 위대한 별.

놈이거나, 놈과 관계된 누군가겠지.

나는 여섯 개의 세계를 관찰해 보았다.

그중 다섯 개의 세상에는 이미 주인이 있었다.

하나를 골랐다. 죄지은 자들이 가는 장소, 지옥도(地獄道)!

우르릉!

콰콰콰쾅!

검은 번개가 수없이 떨어지는 세상이었다.

어둡기 그지없는, 심연과는 또 다른 괴물들의 세상.

그곳의 중심부에서 나는 특이한 존재를 발견했다.

그가 거대한 날개를 들어 나를 바라봤다. 동시에 혼이 산산이 부서질 것만 같은 충격을 받았다.

나는 저 존재를 안다.

아니, 에인션트 원은 저 위대한 자를 알고 있었다.

"꺼져라. 이곳은 미숙한 네가 있어야 할 장소가 아니다."

악신, 랜달프 브뤼시엘!

지옥도를 관리하고 주관하는 진정한 신이었다.

데몬로드 안달톤 브뤼시엘의 후원자…….

그가 손가락을 까딱였다.

동시에 나는 차원의 문으로 튕겨져 나갔다.

"꺼어어어억!"

튕겨져 돌아온 즉시 나는 헛구역질을 했다. 머리를 붙잡고 뒹굴었다. 마구 비명을 내지르며 장장 30여 일가량 꿈쩍도 못 했다.

자칫 잘못했으면 혼이 그대로 산산조각이 날 뻔했다.

'조심…… 해야겠군.'

30일가량이 지나 겨우 회복을 한 나는 고개를 내저었다.

손가락질 한 번으로 이만한 타격이다.

그나마 운이 좋았다.

악신이라 하지만 그는 순전히 나를 '쫓아낸' 것에 지나지 않았다.

그는 관리자였으니, 이질적인 나를 다시 원래의 세상으로 추방한 셈이다.

하지만 그가 조금만 나쁜 마음을 먹었어도 나는 그 자리에서 그대로 분해됐을 것이다. 소멸했을 것이었다.

다른 세상에 직접 들어가 볼 엄두가 나지 않았다.

대신 입구를 바라보며 구경만 했다.

신들의 세계. 지옥도처럼 절대적인 한 명이 군림하는 경우도 있었고, 여러 신이 주체가 되어 세계를 다스리는 경우도 있었다.

하지만 인간도의 관리자들은 모두 죽었다. 그리하여 심연이 대두되었고, 온갖 세계와 연결되며 파국으로 치닫게 된 것이다.

'그럼 거신은 뭐지?'

에인션트 원을 비롯한 관리자들을 대신하여 탄생하는 신인가?

나는 작게 혀를 찼다.

지금의 상태에서 미리 단정 짓는 것만큼 위험한 일도 없을 터였다.

편견 없이 모든 정보를 종합하여 결론을 내야 한다. 그만큼 신중을 기하는 일이었다.

대신 나는 텅 빈 문을 바라봤다.

인간계. 지금 내가 서 있는 장소.

'둘러보자.'

나는 이곳에서 태어나 자랐지만, 이 아름다운 별에 대해 아는 게 별로 없다. 내가 기억하는 세상이란 괴물들이 득실대고 모든 게 붕궤된 장소였으므로.

하지만 그것들이 침범하기 전, 지금의 세계는 분명 빛날 것이었다.

나는 이 아름다운 세계를 먼저 두 눈에 담아보자고 생각했다.

부유령.

나는 정처 없이 떠도는 귀신이 됐다.

한국을 시작으로 세계로 뻗어 나가며 세상을 눈에 새겼다.

내 시각에는 모든 만물이 멈춰 있었으니 마치 그림을 감상하는 기분이었다.

하지만 단순히 자연만을 눈에 담은 건 아니다.

'놀랍군.'

멈춰 있는 사람을 바라보면 그 사람의 과거가 눈에 보인다.

아주 단편적이지만 그 사람의 가장 중요했던 순간과 같은 것들이 파노라마처럼 펼쳐졌다.

물론 모두 그런 건 아니다.

강렬한 기억이 있는 자들만 엿볼 수 있었다.

그들의 기억은 나를 더욱 풍부하게 만들었다.

그들의 삶을 바라보며 나의 의지도 덩달아 강해졌다.

이 능력은 관리자로서의 소양일까?

간혹 내가 아는 이들을 만날 때도 있었다.

스트립 바에서 돈이 든 맥주잔을 흔들며 여자들과 노니는 남자.

'청렴의 마도사 알렉스. 혼자 깔끔한 척은 다 하더니, 본성을 감추고 있었군.'

동시에 그의 기억들이 떠올랐다.

잘난 집안, 기대에 응하지 못하여 가출하고 호스트로 살아간다.

여자라면 환장을 하는 게 '청렴'의 정체였다.

제법 재미가 있었다. 이런 기회가 또 언제 있겠는가.

세계를 한 바퀴 일주하고, 다시 한국에 도착한 나는 이번엔 한라산으로 향했다.

'민식이 이 녀석은 벌써 오크를 잡고 있네.'

민식이는 한라산 '문'의 너머에 있었다.

홀로 오크를 사냥하며 마검사로서의 기틀을 닦고 있었다.

과연 빠른 성장이다. 온몸에 낭자한 상처들은 이번 생에서의 결심을 보여주는 듯했다.

동시에 나는 민식이의 과거마저 읽을 수 있었다.

세계의 이변, 무능력자로서의 나날들.

납치되어 인체 실험과 함께 알레테이아에 귀의한 삶.

약물에 중독되고 하루하루 그저 빛을 갈구하며 살았지만 하늘은 민식이의 손에 피를 묻히길 강요했다.

그리고…… 그 배경에는 모두 내가 있었다.

'부러워할 사람이 따로 있지. 하필 나를 부러워하냐, 이놈아.'

나는 지긋지긋했다. 던질 수 있다면 그냥 던져 버리고 싶었다.

겉으론 화려할지 모르지만 내 속은 나날이 썩어갔다. 더 이상 희망이 없음에. 사람들의 그 선망과 믿음이 너무나 무거워서, 안다니우스를 상대하고 죽을 때 나는 그저 웃어버리고 말았다.

과연 그 길을 녀석이 잘 걸을 수 있을지, 나는 모르겠다.

하지만 마음으로는 응원했다.

이후 몸을 돌려 돌아갔다.

다시 제단으로.

"에인션트 원, 내가 무엇을 하고 싶은지 궁금했나?"

호수의 끝, 용의 사체를 바라보며 나는 말했다.

시간을 멈춰서 내가 무엇을 하려는지 그는 지켜보고 있었다. 그런 느낌이 들었다.

게다가 나는 그의 기억 또한 일부 훔쳐봤다.

에인션트 원은 공정한 관리자가 아니었다.

나는 에인션트 원을 향해 다가갔다.

"이제는 알겠군. 힘을 공유한 대상이 왜 직접 클래스를 만들도록 했는지. 너는 그저 그들의 욕망을 보고 싶었을 뿐이야. 그리고 자신의 욕망에 부합하지 않으면 그대로 내쳐 버린 거고."

에인션트 원이 진정으로 찾은 건 세상을 위하는 관리자다.

자신의 후계 말이다.

하지만 인간의 꿈은 다양했다. 그들에겐 자신만의 욕망이 있었다.

일전, '황제'를 꿈꿨던 사람도 에인션트 원의 입장에선 그저 마음에 들지 않은 것뿐이었다. 결국은 욕망에 의한 선택이었으므로.

세계를 관리하는 관리자는 청렴결백해야 했다. 그러나 정작 에인션트 원조차도 결백하지는 못했다.

"그러나 너의 바람처럼, 나는 세계를 관리할 생각이 없다. 내가 원하고 목표하는 건 오로지 거신뿐! 놈을 죽이는 것만이 나의 목적이다. 그런데……."

데몬로드들은 거신이 되고자 한다. 그의 혼을 취해 진정한 신이 되는 게 그들의 바람이었다.

나는 그 바람을, 깨부순다.

놈들이 모두 다 이뤘다고 생각할 때, 그 모든 게 꿈이었음을 알려줄 것이다.

검지를 뻗었다. 흔히 말하는 손가락질.

"빌어먹을 놈. 이만한 능력이 있으면서 왜 직접 찾지 않았던 거냐? 왜 너의 마음에 드는 이가 알아서 찾아올 거라고 생각한 거지?"

쿠루루룽!

멈춰 버린 세상 속에서 에인션트 원의 사체가 흔들렸다.

욕을 먹어서 화라도 난 걸까?

하지만 나는 내가 뱉은 말을 다시 주워 담을 생각이 없었다.

지금 내가 겪은 모든 게 에인션트 원의 힘이다. 이런 능력이 있으면서 후계자가 그저 찾아오길 기다리고 있었다는 게 이해가 되지 않았다.

알 아락사르라도 움직여서 세계를 둘러봤으면 됐을 텐데.

그랬다면 후계자 한두 명쯤은 분명히 찾을 수 있었을 터였다. 한마디로 이 모든 게 그저 놈의 '유희'에 불과했다는 뜻이다.

만약 내가 알 아락사르의 권유에 돌아가서 힘을 공유받고 클래스를 만들었어도, 무엇을 하든 내 몸은 풍선처럼 터져 버렸을 것이었다.

이 변덕스러운 에인션트 원의 입맛에 맞는 선택이 아닌 이상 말이다.

그것을 알고 나는 너무 화가 났다.

발을 뻗어 뼈를 마구 찼다.

"우리는 너의 장난감이 아니다. 그러니…… 심장에 깃든 힘은 오로지 내 사리사욕을 위해 사용하마. 너는 그저 내가 너의 역할을 이어받길 간절히 바라고 기원하며 지켜보기나 해라."

어차피 누군가에게 강제되어 살 생각도 없었다.

이번 생에서만큼은, 내 자유의지로 살아가리라.

한껏 화풀이를 한 다음에야 나는 멈춰 있는 나의 신체 앞으로 돌아갈 수 있었다.

그리고 마지막으로 선언하듯 말했다.

"나는 인간이 될 것이다. 모든 희로애락과 욕망에 들불처럼 움직이는 그런 인간이! 충고하건대, 내 욕망은 너의 변덕 따위론 막지 못한다. 욕망이란 바람이 불면 더욱 거세지는 법이니!"

나는 욕망의 화신이었다.

오랜 시간 쌓이고 쌓여서 활화산처럼 터지기 시작했다.

그것을 한낱 용의 변덕으로 막아설 순 없는 일이다.

더군다나 세계를 둘러보고 사람들을 보며 내 혼은 더욱 넓어졌다.

많은 것을 담을 수 있게 되었고, 더욱 높은 곳에서 더욱 많은 것을 보는 게 가능해졌다.

'격'이 올라갔다고 해야 할 것이다.

그 작은 깨달음. 도리어 내 욕망을 부추기는 꼴이 됐다.

나는 다시 육체로 돌아갔다.

그러자 멈췄던 시간의 추가 움직이기 시작했다.

['육도(六道)'를 깨달았습니다.]

['인간도(人間道)'의 기초를 깨우쳤습니다.]

[권능 창조! 에인션트 원의 힘으로 말미암아 새로운 권능을 창조했습니다!]

[모든 것이 되고, 모든 것을 담을 수 있는 힘, '천지인(天地人)'의 권능이 사용자의 혼에 깃듭니다.]

[이는 현재 사용자의 능력으로는 불가능한, 불가해(不可解)의 영역입니다.]

['오딘의 보물 창고(3Lv)'에 들어갈 기회가 한 차례 주어집니다.]

[마력이 20 상승했습니다.]

[7,000pt를 획득했습니다.]

…….

똑딱똑딱!

시계 소리가 들리는 것만 같았다.

다시 눈을 떴을 때, 내가 가장 먼저 본 건 알 아락사르의 미묘하기 짝이 없는 얼굴이었다.

"대체 무슨 짓을 저지른 거지?"

알 아락사르.

제단을 수호하고 에인션트 원의 가디언 노릇을 행하던 그다.

어지간한 괴물은 명함도 못 내밀 정도로 강력한 존재인 그가, 지금 내게서 일어난 현상만큼은 전혀 이해하지 못하겠다는 표정을 짓고 있었다.

"어떻게…… 에인션트 원의 힘을 흡수한 것이냐? 이는, 이는 말도 안 되는 일이거늘!"

내가 에인션트 원의 힘을 흡수하지 못한 채 죽기라도 바라고 있었던 걸까?

하기야 나만의 욕망으로 그 힘을 새롭게 재조립하지 않았다면, 에인션트 원의 힘을 받아들이는 데 상당한 애로 사항이 꽃폈을 것이었다.

천지인(天地人).

내가 새롭게 얻은 나만의 권능.

이는 모든 것의 가능성이었다.

나 자신의 한계를 정하지 않고, 그저 앞으로 나아가는 힘!

무엇을 할 수 있을까?

무엇이든 가능하다.

그러면서도 '극의'에 다다를 수 있는 능력이다. 천지인이라 개명된 순간 나는 권능의 쓰임새를 조금은 깨달을 수 있었다.

'마법도, 검도, 주술과 소환까지도…….'

마검사?

마법과 검을 다루지만 극의에는 다다르지 못하는 클래스.

그러나 천지인은 다르다. 닿을 수 있다. 넘어설 수도 있었다.

그 두 가지에 국한되지 않고 오히려 더 많은 걸 노릴 수조차 있었다.

'내 노력과 욕망이 뒷받침만 된다면!'

쉽지는 않다. 그러나 불가능은 없다.

노력. 무슨 일이 있어도 쉬지 않고 움직이는 것.

나는 적어도 노력만큼은 누구에게도 뒤지지 않을 자신이 있었다.

진정으로 '천재'라 일컬어지는 이들의 근처까지 다가갈 수 있었던 것도 모두 노력이 뒷받침되어 있었기 때문이다.

대신 욕망 또한 있어야 했다.

천지인은 내 욕망에 따라 움직이는 가능성이었기에.

'20의 마력이라……!'

무엇보다 놀라운 건 20이나 상승한 마력이다.

모든 능력치 중에서 가장 올리기 까다로운 게 마력인 탓이다.

마력은 스킬의 활용도나 파괴력을 올려주지만, 더욱 중요한 건 그 사람의 '격'을 드높인다는 점이었다.

우스갯소리로 마력 수치 150에 다다르면 신이 된다는 소리까지 있을 정도이니.

특히 특별한 존재 중에선 간혹 격이 낮으면 상대조차 안 해주는 이들도 있었다. 봉인된 무구 따위도 격에 따라 주인을 정하곤 했다.

반면에 힘은 말 그대로의 힘이다. 괴력을 발휘할 수 있게 한다. 민첩은 순간적인 순발력 등에 관계가 있었다. 체력은 지구력과 내가 사용한 마법의 반발력 따위를 견딜 수 있게 해준다.

지능은 배우는 속도다. 같은 스킬을 배워도 지능이 높으면 더욱 빠르게 숙련도나 레벨을 올릴 수 있다. 마법적인 방어력과도 연관이 짙었다.

어느 능력치도 중요하지만 그래도 최고를 꼽자면 역시 '마력'이었다. 내 전생에서도 마력 수치는 90을 넘기지 못했다.

"수천 년간 나는 에인션트 원의 심장을 지켜왔다. 대부분의 이는 내 권유에 돌아가 힘을 '공유'하였으나 제대로 흡수한 이는 없었다. 간혹, 정말 간혹 내 시련을 받은 자도 있었으나 자신과의 싸움에서 패하고 말았지. 한데 너는 이를 뛰어넘어 마지막 심장의 시련마저도 이겨냈다. 어찌 그것이 가능한 거지?"

알 아락사르의 말은 비명과도 같았다.

믿지 않고, 믿을 수 없지만, 이미 벌어진 현실이었다.

저 말이 사실이라면 '에인션트 원의 제단'은 총 세 개의 시련을 모두 뛰어넘어야만 제대로 된 권능을 손에 얻을 수 있었던 셈이다.

'시간을 뛰어넘었으니까.'

사실대로 말할 수는 없었다.

한마디로 나라는 존재는 반칙이었다.

그런데 이상했다. 심장의 시련이라니?

단순히 내가 선택하는 게 아니었단 말인가?

"알 아락사르, 심장의 시련이 무엇이냐?"

"그대가 에인션트 원의 망령을 이겼다는 소리다."

망령이라고 한다. 이상한 어감이었다.

알 아락사르는 반쯤 체념한 듯했다.

"더 자세히."

"심장을 섭취한 자는 에인션트 원의 혼에 삼켜진다. 그대는 본래 자아를 잃고 에인션트 원의 꼭두각시가 되었어야 했다."

휘유!

짧게 휘파람을 불었다.

에인션트 원의 바람대로, 그 관조의 힘에 매료되어 '관리자'의 길에 들어서고자 했다면, 그 힘을 온전히 받아들이고자 했다면, 에인션트 원에게 집어삼켜진다는 뜻이었다.

하지만 나는 반항했다. 내 욕망을 꺼냈다. 그리하여 에인션트 원의 힘을 도리어 나에게 맞게 재창조했다.

'끝까지 마음에 안 드는 놈이로군.'

세계를 돌고 인간들을 둘러보며 나는 어느 정도 '자각'을 하게 되었다. 여섯 개의 세상과 어찌하여 인류가 멸망의 기로에 놓였는지를 깨달았다.

그리하여 내 '욕망'대로 살자고 더욱 강하게 마음먹게 되었으니 확실히 평범한 반응과는 거리가 멀었다.

물론 보통의 사람이었다면 그 능력과 힘에 매료되어 얌전히 고개를 끄덕였을 것이다.

내가 에인션트 원, 그대를 이어받겠노라고 말이다.

"하지만 나는 놈의 꼭두각시가 되지 않았다. 나를 벨 건가?"

전투적인 자세로 알 아락사르에게 말했다.

그는 기사다. 그의 태도로 보건대, 진정으로 '기사도'를 따르는 자였다.

나는 이미 이겼고 정당하게 취하였다. 오히려 이런 위험을 내게 알리지 않았으니, 그가 더욱 미안해해야 옳았다.

역시나. 알 아락사르가 고개를 저었다.

"베지 않는다. 내겐 그런 자격이 없다."

"그럼 나를 따를 건가? 나는 에인션트 원의 힘을 흡수했으니, 그대의 새로운 주인이라고 봐도 무방하다."

"그것 역시 아니다. 너의 힘은 이미 에인션트 원의 그것과는 궤를 달리하게 됐다. 내게 걸린 주박 또한 풀렸지. 하지만…… 나는 동시에 더욱 커다란 주박을 지게 됐다."

아쉽게 됐다. 알 아락사르를 얻을 수 있다면 천군만마가 생긴 것과 다름이 없을 텐데.

하지만 알 아락사르가 이어서 하는 말은 내게도 제법 충격으로 다가왔다.

"에인션트 원의 비호가 사라졌으니 나는 점차 이성을 잃어 갈 것이다. '위대한 별'의 인도에 따라 시간이 지나면 괴물이 되어 이세계(異世界)를 덮치리라. 이는 심연 속에서 살아가는 모든 존재에게 주어진 숙명이니."

스아아아아아!

공간이 울렁거렸다.

이윽고 알 아락사르의 주변으로 수많은 구멍이 생겨나기 시작했다.

'문'이다. 내가 잘못 본 게 아니라면 분명히 문이었다.

그리고…… 모두 보라색이었다.

고유의 괴물들, 강력하기 짝이 없는 존재들이 머무는 장소.

보라색 문 내부의 괴물은 정해진 시간이 지나면 지구를 침략하도록 설계가 되어 있었다.

그리고 그 시간은 룬 문자로 정확하게 문의 윗부분에 적히게 되어 있다.

'5년.'

보라색 문에 적힌 숫자다.

5년 후, 알 아락사르가 지구를 침략한다.

이런 현상은 나도 처음 보는 것이었다.

설마 보라색 문은 이런 식으로 만들어지는 건가?

그렇다면 다른 문들 역시도 만들어지는 과정이 있는 걸까?

"시간이 됐나 보군."

알 아락사르가 말했다.

거부할 수 없다는 듯 알 아락사르의 표정엔 체념이 깃들었다.

그러자 모든 문에서 사슬이 튀어나왔다.

쇠사슬은 알 아락사르를 포박했다.

알 아락사르의 물결색 신체가 아주 조금씩 까맣게 물들어가기 시작했다.

"나는…… 나는, 진즉에 '위대한 별'의 인도를 따르게 되어 있었다. 에인션트 원의 힘으로 지금까지 버틴 것에 불과하지. 만약에 그대가 정말로 다른 길을 걷겠다면, 모든 관리자의 힘을 손에 넣어 우리를 구원해다오."

사슬 중 하나가 나를 향해 날아왔다.

첨벙!

동시에 호수의 물이 물결치며 사슬을 막아섰다.

알 아락사르가 힘을 쥐어짜 내 나를 보호한 것이다.

"가라!"

알 아락사르가 외쳤다.

나는 본능적으로 뛰기 시작했다.

여기에 더 있으면 위험하다. 본능이 외치고 있었다.

"끄아아아아아악!"

달리면 달릴수록 뒤에서 들려오는 비명은 더욱 또렷해졌다.

쿠르릉!

제단이 무너졌다.

에인션트 원의 본을 따 만든 형상도 조각이 나 바닥에 흩뿌려졌다.

나는 거친 바닥에 주저앉아 숨을 크게 몰아쉬었다.

나를 따라온 놈들도 바닥에 널브러졌다.

"헉, 헉, 허억!"

거친 숨소리는 줄어들 줄 몰랐다.

하지만 정신은 또렷했다.

너무 또렷해서 탈일 정도로.

'보라색 문이 생겨났다. 알 아락사르의 문이다.'

문은 여섯 종류가 있었다.

황금색, 주황색, 보라색, 파란색, 하얀색, 그리고 검은색!

이중 가장 위험한 게 보라색과 검은색이었다.

보라색의 문안엔 고유성을 지닌 초월적인 괴물들이 즐비했다.

놈들은 약속처럼 문에 지정된 시간이 지나면 튀어나와 지구를 침략했다.

검은색은 데몬로드 등이 있는 심연의 깊숙한 곳이라 추정되고 있었지만, 당장 인류를 가장 크게 위협한 건 보라색 문이었다.

설마 보라색 문이 그런 식으로 생겨날 줄이야.

인류 누구도 몰랐던 진실이다.

하지만 더욱 큰 문제는 '5년 후 알 아락사르가 쳐들어온다' 는 점이었다.

'너무 빨라.'

빌어먹을.

나는 표정을 굳혔다.

알 아락사르가 나와 체급을 맞춰줘서 이길 수 있었던 거지, 그가 본 실력을 내면 서울은 몇 시간 이내에 사라질 것이다.

그만한 괴물은 적어도 10년 뒤부터나 나오기 시작했다.

한데 에인션트 원의 힘으로 겨우 버티고 있었던 탓인지, 알 아락사르는 고작 5년 뒤에 지구를, 한국을 침범하게 된다.

민식이가 5년 사이에 알 아락사르를 상대할 수 있을 정도로 성장하게 될까?

'불가!'

마검사가 아무리 빠른 성장을 보장한다지만 5년 만에는 무리다.

설령 어찌어찌 막더라도 엄청난 희생이 따를 터였다.

결국에는 내가 나서야 한다는 말이다.

내가 뿌린 씨앗이니, 내가 거두는 게 당연한 일이었다.

'일정을 빠듯하게 당겨봐야겠군.'

천지인의 힘. 5년간 죽어라 움직이면 불가능도 가능으로 바꿀 수 있을지 모른다.

그러다가 문득 떠오른 발상에 나는 재빨리 품을 뒤졌다.

'있다.'

주머니 안에서 열쇠 하나가 잡혔다.

주황색의 열쇠였다.

에인션트 원의 힘을 얻으며 동시에 얻은 또 다른 보상.

'오딘의 보물 창고.'

불가해의 영역에 닿은 자들에게 간혹 주어지는 열쇠였다.

나도 과거 두 번 들어가 본 적이 있었다.

데몬로드를 잡고, 세 마리의 용을 동시에 사냥했을 때.

당시 내가 들어간 보물 창고의 최고 레벨은 6이었다.

하지만 이번에 건네받은 보물 창고의 레벨은 3을 가리키고 있었다.

'보물 창고의 희귀함은 3레벨 단위로 올라간다.'

3, 6, 9의 숫자로 나뉜 창고들.

평생에 한 번이라도 들어가 본 이가 정말 극소수며, 나조차도 9레벨의 창고에는 발을 들인 적은 없었다.

하지만 6레벨의 창고에 있었던 물품만으로도 전율을 일으키기엔 충분했다.

수많은 장비와 계약서 따위가 먼지처럼 널브러져 있는데, 그 하나하나가 '전설'에 준하지 않는 것이 없었던 것이다.

오로지 하나만을 가져가야 한다는 제약이 붙지만 당시 내가 고른 '흥멸의 망토'만 하더라도 내 모든 장비를 합친 것에 준하는 성능을 가지고 있었다.

9레벨의 창고에는 미미르의 샘물, 궁니르 등 '신급'에 준하는 것들이 있을 거란 소문이 무성했다. 실제로 9레벨의 창고에 들어가 본 자는 없으니 진위를 확인할 순 없지만.

3레벨의 창고만 해도 대단한 것이다.

과거에도 고작 50여 명 정도가 그곳에 발을 들인 거로 안다.

솔직히 지금 얻을 수 있는 보상 중에는 가장 좋았다.

내가 지금 강력한 장비를 얻는다고 하더라도, 그만한 격을 가진 장비는 으레 주인을 따지게 마련이므로.

'무엇을 가져와야 재앙을 막을 수 있지?'

내게 주어진 시간은 5년.

적어도 10년은 바라봐야 겨우 대적이나 할 수준의 괴물이, 5년 뒤에 서울 도심에 모습을 드러낸다.

두 배는 더 급하게 움직여야 한다는 뜻이다.

이런 나를 받쳐 줄 게 필요했다.

'거인의 할버드, 생명 수확의 낫, 암월궁(暗月弓), 백은의 상아 방패······.'

3레벨 오딘의 보물 창고에 있는 장비들을 떠올린다.

적어도 능력치 총합 350까지는 빠른 성장을 보장해 줄 굉장한 무구들. 저것 중 하나만 가져와도 지금 수준보다 한두 단계는 높은 괴물을 사냥할 수 있을 터였다.

하지만 나조차도 거기에 있는 모든 걸 알지는 못한다.

그만큼 많았기 때문이다.

제한 시간 내에 그곳을 한 바퀴 도는 것조차도 아슬아슬했다.

'종류에 구애받지 말자.'

물론 선택의 폭은 넓었다.

나는 천지인(天地人)이다.

노력과 욕망만 있다면 그게 무엇이든 나의 것으로 만들 수 있었다.

장비와 스킬, 그 외의 모든 걸.

일단 들어가 봐야 안다. 내가 원하는 걸 쉽게 찾을 수 있을 정도로 그 공간은 호락호락하지 않았다.

내 안목과 운을 믿는 수밖에.

고개를 끄덕이며 열쇠를 허공에 돌렸다.

이윽고.

철컥!

소리와 함께, 눈앞으로 거대하기 짝이 없는 주홍빛의 문이 신기루처럼 나타났다.

끼이이이이익!

바닥을 쓸며 이내 문이 열렸다.

나는 가만히 그 안으로 발걸음을 옮겼다.

[오딘의 보물 창고(3Lv)에 입장했습니다.]

[시간제한은 3일이며, 오로지 한 가지의 물건만 가지고 돌아갈 수 있습니다.]

끝이 보이지 않은 보물의 향연이었다.

누군가가 정리한 듯 일렬로 늘어선 장비나 책 따위가 족히 수만, 수십만의 숫자로 늘어져 있었다.

광활했다.

압도적이고, 아름다웠다.

이만한 숫자의 보물들을 누가 어떻게 모아서 여기에 둔 것인지는 알 수 없다. 말 그대로 '오딘'이 개입한 것일지 말이다.

나는 주변을 둘러봤다.

지척에 있는 물건 중에 훌륭하지 않은 게 없었다.

〈생명의 흑철 투구(value-8,000)〉

● 체력+1

● '적'이라 규정지은 대상을 한 명 죽일 때마다 힘 0.1 상승. 최대 2.

『멸망한 제국의 정예 흑기사가 사용했던 흑철 투구. 흑마법이 깃들어 있다.』

〈은밀한 첩자의 장갑(value-5,500)〉

● 착용만 하고 있어도 상대방으로부터 호감이 올라간다. 첩자의 필수품.

● 가만히 10초 이상 서 있으면 은신 효과를 얻는다.

『상위 첩자들이 즐겨 사용했던 애장품. 희소가치가 있다. 관음증이 있는 고위 귀족들도 사용했다고 전해진다.」

대략적으로 이러한 느낌이었다.

특히 능력치를 올려주는 장비는 정말로 구하기 힘들다. 대장장이 레벨을 6은 올려야 그때부터 아주 희박한 확률로 극소의 능력치가 붙는 장비를 만들 수 있었다.

그런데 능력치를 총합을 3이나 올려주는 투구나, 생각하기에 따라 쓸모가 많은 첩자의 장갑 정도는 이 오딘의 보물 창고에 널린 편이었다.

내가 바라는 건 널려 있지 않은 물건들.

군계일학이라 칭할 수 있는 것들이었다.

나는 눈으로 대충 무구들을 훑으며 지나갔다.

내게 주어진 시간은 고작 72시간.

그 시간 안에 이 안의 모든 걸 살피려면 한시도 쉴 수 없었다.

제단을 막 빠져나온 뒤라 피곤하고 지쳤지만, 오딘의 보물 창고에 들어온 순간 그러한 피로가 거짓말처럼 사라졌다.

오히려…….

두근! 두근!

심장이 뛰었다.

어렸을 적 마음에 드는 장난감을 발견한 기분이었다.

그렇게 얼마나 걸었을까.

[심안(9Lv)이 발동했습니다.]

[숨겨진 정보가 드러납니다.]

〈황혼의 대검(value-35,000)〉

● 힘+3

● 황혼녘에 사용할 경우 '출혈' 효과.

● 경량화 마법이 걸려 있어 매우 가볍다(3㎏).

●● 사용자의 피를 대량으로 적시면 '황혼의 들개'를 소환할 수
있다.

"……!!"

나는 잠시 멈춰 서선 눈을 동그랗게 떴다.

놀랍게도 숨겨져 있던 정보가 드러났다.

'심안의 효과가…… 내가 아는 게 전부가 아니었군.'

숨겨진 장비의 정보를 확인할 수 있다는 건 굉장한 일이었
다. 어지간한 탐색 스킬도 장비 고유의 숨겨진 옵션까진 발
견하지 못하는 탓이다.

나는 가만히 턱을 쓸었다.

그렇다면 어느 영웅도 찾지 못한 '진주'가 이 안에 있어도
이상할 게 없었다.

황혼의 대검은 나쁘지 않은 무기지만 2%가 아쉬웠다. 황
혼의 들개라는 건 소환물일 텐데, 사용자의 피가 대량으로
필요하다면 원할 때 사용할 수 없다.

출혈 효과야 상대의 치료를 늦추는 방편이라 트롤과 같이 재생력이 뛰어난 괴물과 싸우는 게 아니면 별 의미가 없는 게 사실이었고.

'더 있을 거다. 아무도 찾지 못했던 진짜가.'

나는 진짜를 찾길 원했다.

오딘의 보물 창고에 있는 무구는 족히 수십만 개에 달한다.

72시간 내에 모두 확인하고 그중 '진품'을 가려내야만 한다.

그야말로 바늘구멍을 낙타가 통과할 확률이었지만, 그럼에도 나는 꺾이지 않는다. 포기하지 않았다. '노력'은 내가 가장 좋아하는 단어 중에 하나였으므로.

나는 창고 안을 돌았다.

하루가 지나고, 이틀이 지났지만, 내 눈은 감길 줄을 몰랐다.

잠이 오면 억지로 뺨을 꼬집고 때렸다.

이중 단 하나라도 놓칠 수는 없었다. 모든 걸 두 눈에 담고 그중에 진위를 가려낼 것이었다.

'이것도 아니야.'

은빛 십자군의 망치!

과거 '은빛 망치 오르샤'가 사용하던 무기.

언데드를 상대로 특효를 발휘하고 그 괴력으로 휘두를 때면 산이 휘청거릴 정도였다. 평소였다면 이 역시 눈독을 들였을 것이지만…….

'이곳이 진정으로 보상을 해주기 위한 장소라면, 원하는

보상을 찾는 것 역시 또 하나의 시련이다.'

이 세상은 시련으로 돌아간다.

시련을 이긴 자는 달콤한 과실을, 시련에게 패배한 자는 끔찍한 결말을 얻는 법이었다.

오딘의 보물 창고라지만, 실제로는 보물이 아닌 것들도 있었다.

감히 '신'의 이름에 먹칠을 하는 꼴이다.

그러한 것들을 왜 늘어놨겠는가?

이곳이 또 하나의 시련의 장소이기 때문이다.

물건의 잠재력을 파악하고 나 자신을 저울질하여 최상의 결과를 내는 것.

60시간이 지났음에도 나는 계속해서 찾고 있었다.

과거 수십 명의 영웅이 가졌던 무기들, 이곳에서만 찾아 익힐 수 있는 스킬들, 성장을 도와주는 갖은 희귀한 영약들…….

삼 분의 이가량을 뒤졌지만, 정작 내 마음을 사로잡는 건 없었다.

미련일까?

미련이란 말인가?

내 기준이 너무 높기 때문에 생기는?

'욕심을 버리고 타협하라는 뜻이냐?'

이를 악물었다. 이러한 욕심 역시 나를 구성하는 '욕망' 중 하나였기에.

하지만 나는 내 욕망을 버리지 않기로 얼마 전 다짐했다. 만약 욕망의 끝에 허무가 남는다면 그 역시 내가 감당해야 할 결과일 뿐이었다.

욕망이 있고, 그것을 갈구하며 나아가야만 5년 뒤에 '알 아락사르'를 잡을 수 있었다. 그것만이 아니라 거신에게도 닿으려면 나는 '욕망의 절제'를 절제해야 했다.

'아직. 아직이다.'

찾는다. 오히려 나는 속도를 올렸다.

탁! 탁! 타다다닥!

아예…… 달렸다.

빠르게 눈을 돌리며 몇 번이고 이 보물의 산을 둘러보았다.

[남은 시간: 58분]

그러는 사이에도 시간은 흘렀다.

이제 슬슬 결정하고 그동안 본 것 중에서 골라야 하는 시간이었다.

하지만 나는 찾는 걸 멈추지 않았다. 이제는 거의 무아지경의 수준이었다. 머리가 텅 비었고, 본능에 따라 그저 취합하고 내버리는 과정의 반복을 하고 있었다.

턱!

그 순간, 마치 손이 끌리듯 무언가가 잡혔다.

마치 자석이 달린 것처럼 지나가는 사이 나도 모르게 잡았다.

그것은 뱀의 형상을 하고 있었다.

샤! 샤아아!

뱀은 마치 살아 있는 듯했다.

환청이겠지만 분명히 목소리가 들렸다.

이윽고 뱀은 꾸불거리며 내 손을 타고 올라왔다. 어깨를 감싸고, 내 몸을 돌며, 다시금 오른손 전체를 자신의 몸으로 칭칭 감았다.

내가 고른 게 아니다.

'선택받았다.'

놈에 의해, 나 자신이 선택받은 것이다.

이러한 현상은 거의 들어본 적이 없었다.

호수에 꽂힌 성구, 어둠의 종적에 놓인 마검 같은 게 주인을 택하는 대표적인 무기로 알려져 있었다.

그런데…… 뱀이라니?

⟨요르문간드(value-???)⟩

- 지능+5

- 마력+5

- 에고(Ego)에 의한 형상 변화

- 모든 뱀의 왕

- 끝없이 성장하는 뱀(1Lv. 성장도-0)

- ● 계약자는 모든 '밤의 저주'로부터 해방된다.

『신화로 전해지는 요르문간드의 거대한 뱀. 세계를 뒤덮을 정도로 거대했던 존재지만 모종의 이유로 인해 약화되어 '오딘의 보물 창고'에 갇히게 되었다.』

샤아악!
놀랄 틈도 없이, 놈이 내 목을 물었다.
그 순간.

['요르문간드' 와의 계약이 완료되었습니다.]

내 정신이 급속도로 흐려지기 시작했다.

정신을 차렸을 때, 나는 오딘의 보물 창고 바깥에 드러누워 있었다.
쨍쨍한 하늘에 인상을 찌푸리며 상반신을 들어 올렸다.
'대체 뭐였지?'
온몸이 찌뿌둥했다.
나는 급히 오른손을 바라봤다.
'요르문간드.'
팔을 감싸고 있는 뱀이 있었다.
그때는 살아 있는 것 같았는데, 착각이었을까?

은빛의 단단한 껍질. 하지만 전과 같이 움직이지는 않았다.

나는 눈살을 찌푸렸다. 흔들어도 보고, 억지로 떼어보려고도 했지만 꿈쩍도 하질 않았다.

'일단…… 일단 돌아가야겠군.'

전신이 물먹은 솜처럼 퍼졌다.

머리가 데인 것처럼 뜨거웠다.

나는 억지로 비틀거리며 자리에서 일어났다.

일전 들어왔던 '문'으로 향하자 놀들이 내 뒤를 따랐다.

집에 어떻게 돌아왔는지 기억이 나지 않았다.

하지만 정신을 차렸을 때 나는 분명히 나의 집 앞에 자리하고 있었다.

지금 잠들면 족히 일주일 이상을 자 버릴 것만 같은 느낌. 안전한 '나만의 장소'가 필요해 나는 여기까지 왔다.

문을 열고 들어가, 그 즉시 침대에 몸을 눕혔다.

부들부들!

몸이 마구 떨렸다. 시간이 지날수록 전신이 차가워지고 있었다.

이빨이 부딪히고 온몸에 식은땀이 났다.

나는 이불을 머리끝까지 덮었다.

눈을 감자 그대로 수마가 밀어닥쳤다.

스으윽.

동시에, 오른팔 전체를 감았던 뱀이 움직이며 내 신체를
계속해서 노니기 시작했다.

5장
요르문간드

꿈. 의식이 옅을 때 겪는 정신 현상 중 하나.

실존하는 것을 볼 수도 있고, 내가 바라는 미지의 세계를 엿볼 수도 있는, 가상의 세계.

꿈이야말로 가장 인간의 '욕망'을 잘 나타내 주는 도구였다.

그리고 나는 지금 꿈을 꾸고 있었다.

"하악!"

거친 숨소리. 전신에 땀이 흐르며 격렬한 폭발을 맞이한다.

발작하듯 온몸을 후들대고 격정적인 환희를 느낀다. 하지만 작은 불씨는 이내 되살아나 더욱 역동적으로 타올랐다.

마치 뱀 같은 여인이었다.

한번 물면 결코 놔주지 않는.

몇 날 며칠, 쉬지 않고 교합을 해댔다. 여인의 혓바닥이 내 몸에 닿을 때면 나는 어김없이 스프링처럼 튀어 올랐으며, 그럴수록 여인의 교성은 더욱 커다래졌다.

모든 정기가 빨리고 나서야 나는 지친 몸을 눕힐 수 있었다.

꿈. 꿈이다.

생전 처음 보는 아름다운 여인과 이토록 불같이 타오를 수 있는 건 이 자체가 꿈이기에 가능한 일이었다.

분명히…… 그래야만 했다.

'몽정이라도 한 건가?'

묘한 꿈을 꾼 뒤 눈을 뜨기 직전, 묘한 느낌을 받았다.

아랫도리가 축축했다.

하기야 혈기왕성할 신체였다. 아무리 내가 성욕을 절제할 수 있다고 하더라도 몸은 정직한 법이었으므로.

나는 빠르게 이불을 걷었다.

'피잖아.'

침대 전체에 피가 낭자했다.

몽정을 한 게 아닌 모양이었다.

하지만 이 피는 대체 누구의 것이란 말인가?

주변엔 아무도 없었다. 침대에 누워 있는 건 나뿐이었다.

급히 세탁기를 돌리고 샤워를 끝낸 뒤 곰곰이 생각해 보았다.

'나는 어떻게 집에 돌아온 거지?'

일단 그것부터 생각이 잘 나지 않았다.

'오딘의 보물 창고'에서 나올 때의 기억부터가 흐릿했다.

집에 돌아온 기억은 더욱 없었다.

게다가 몸이 가벼운 듯 무거웠다.

일단 자잘한 상처는 모두 나았고, 머리가 맑아졌다.

하지만 정기란 정기는 모조리 빨려 버린 그런 느낌이었다.
알 두 쪽이 허한 그런…….

핸드폰을 확인했다.

수없이 쌓인 메시지. 부재중 전화 목록. 하지만 내 눈길을
끄는 건 상단에 있는 숫자였다.

3월 30일.

'10일가량 잠만 잤군.'

나는 그래도 시간관념은 철저한 편이었다.

오딘의 보물 창고에 들어가서 3일을 지냈을 때가 대략 20
일 전후.

거의 10일 가까이 잠만 잤던 셈이다.

평범한 일은 결코 아니다.

거기까지 기억이 미치자 한 이름이 떠올랐다.

'요르문간드!'

손뼉을 쳤다.

맞다. 요르문간드와 계약이 완료되었다고 했었다.

그 직후 내 오른손을 감싼 뱀은 나를 물었다.

그리고 의식을 잃었다.

이 이상 수면이 그 계약과 관련이 있는 듯싶었다.

'뱀은 그대로 있는데.'

내 오른손의 뱀은 여전히 제자리를 지키고 있었다.

미동조차 안 하는 이 녀석 말이다. 생명체는 아니고 장식품 같은 느낌이었다.

자세히 바라보자 관련된 정보가 재차 떠올랐다.

〈요르문간드(value-???)〉

● 지능+5

● 마력+5

● 에고(Ego)에 의한 형상 변화

● 모든 뱀의 왕

● 끝없이 성장하는 뱀(1Lv, 성장도-24)

●● 계약자는 모든 '밤의 저주'로부터 해방된다.

『신화로 전해지는 요르문간드의 거대한 뱀. 세계를 뒤덮을 정도로 거대했던 존재지만 모종의 이유로 인해 약화되어 '오딘의 보물 창고'에 갇히게 되었다.』

마력과 지능을 무려 5씩이나 올려주는 희대의 사기 장비.

나는 과거에도 이만한 급의 장비를 착용한 적이 없었다.

과거 둘렀던 흉멸의 망토도 힘과 민첩을 4씩 올려주는 데 그쳤으니까.

하물며 모든 능력치 중 가장 중요하다는 마력을 포함해 총합 10을 올려주다니.

'믿기지 않는군.'

적어도 3레벨의 창고에 있어야 할 것은 결코 아니었다.

이는 정말 말도 안 되는 수치다. 나는 한 차례 전율했다.

정보를 살펴보니 내가 정신을 잃기 전 기억과 같았다.

아니, 같으면서도 조금 달랐다.

'성장도가 올랐다.'

뱀의 성장도가 24가 되었다. 원래는 0이었을 것이다.

뭐지? 내가 뭔가를 먹인 건가?

문득 꿈이 떠올랐지만 크게 고개를 저었다.

설마…….

'상태창.'

급히 십자 인을 그렸다.

[사용자 정보가 갱신됩니다.]

이름: 오한성

직업: 천지인(天地人)

칭호:

　　● 무자비한 놀 학살자(3Lv, 체력+4)

능력치:

　　힘 29 민첩 24 체력 26(22+4)

　　지능 25(20+5) 마력 44(39+5)

잠재력(134+14/456)

특이 사항: 알 수 없는 힘에 의해 잠재력이 크게 상승했습니다. 요르문간드와 계약이 완료되었습니다.

스킬: 심안(9Lv), 지배자(9Lv), 전이(???)

[전후 비교]

힘 29 민첩 25 체력 28 지능 15 마력 16 잠재력(109+4/456)

힘 29 민첩 24 체력 26 지능 25 마력 44 잠재력(134+14/456)

아이러니하게도 내 능력치 중 가장 높은 게 마력이었다.

에인션트 원의 시련을 깨며 오른 20의 수치 덕분이었다.

가장 중요하고, 가장 올리기 힘든 능력치가 마력임을 감안했을 때 시작은 무엇보다 좋다고 할 수 있었다.

그리고 분명히 계약이 되었다고 나온다.

'요르문간드와의 계약까지 꿈이었던 건 아닌 모양이군.'

하지만 요르문간드는 신화적 존재다. 이러한 존재와 계약을 했다는 이야기는 들어본 적조차 없었다. 성녀 시리아가 페가수스와 계약을 한 전례는 있었다. 하지만 요르문간드와 같이 무시무시한 녀석은 아니었다.

'뇌신 토르가 요르문간드의 머리를 으깨고 죽였지만 그때 튀어나온 독성 때문에 토르조차 일곱 발자국을 걷고 죽었다고 했지.'

설마 그런 신화 속의 장본인과 계약한 걸까?

하지만 계약을 했다면 왜 내 팔목만 감은 채로 가만히 있는 걸까.

무엇보다 신화상으로 요르문간드는 분명히 죽은 놈이었다.

뇌신이자 투신인 토르가 머리를 으깨서 죽였다. 정작 토르도 죽긴 했지만.

'신화 속 존재들의 이름을 딴 장비 같은 게 없는 건 아니었으니…….'

진짜 요르문간드라면 3Lv.의 창고에 있는 것도 이상하긴 했다. 못해도 9Lv. 혹은 그 이상에 있어야 될 흉악한 존재가 요르문간드였기 때문이다.

아마도 이름만 딴 다른 무언가겠지.

그런 장비들이 없진 않았다. 그리고 그러한 것들은 한결같이 굉장한 능력을 발휘하곤 했다.

나는 컴퓨터 앞 의자에 앉아 전원 버튼을 눌렀다.

'북한산. 북한산부터 거슬러 올라가 보자.'

애매모호한 기억을 되살리기 위한 방편이었다.

뉴스에 최근 한 달을 기준을 두고 '북한산'을 검색하자 백여 개에 달하는 기사가 떠올랐다.

많다. 게다가 기사들 제목 모두가 자극적이었다.

「북한산에 나타난 괴생명체의 정체는?」

「합성 논란! 북한산에 괴물 나타나다.」

「북한산 등반 조심하세요!」

「개의 머리를 한 괴물에게 습격당한 등산객.」
「북한산 괴물, 알고 보니 불독의 돌연변이.」

"미친."

흐릿하게 찍힌 사진 몇 장을 확인하자 욕설부터 튀어나왔다.

놀들이다. 내가 지배한 녀석들이 북한산을 배회하는 모양이었다.

탁!

이마를 짚었다. 인사불성 상태로 집에 돌아오며 놀들도 함께 '문'을 건넌 것 같다. 평상시라면 절대로 하지 않았을 실수다.

덕분에 지금 북한산엔 사람들이 몰리고 있었다.

잠잠해질 때까진 함부로 들어갈 수도 없다는 뜻.

그나마 다행인 점이라면 시내에는 들어오지 않았다는 것 정도일까.

'이슈화가 된 건 이제 고작 이틀째.'

아무래도 처리를 해야겠다.

많이 늦진 않았다.

지금이라면 가능할 것이다.

띵- 동!

그때였다. 막 정리를 끝내고 일어나려는 순간, 초인종이 울렸다.

나는 인터폰으로 다가가 상대방을 확인했다.

그러고는 미간을 부여잡았다.

'하필이면 이럴 때.'

민식이다.

게다가 민식이는 혼자가 아니었다.

컴퓨터 전원을 끄고 문을 열자 네 명의 사람이 나를 반겼다.

"한성아……."

민식이가 먼저 입을 열었다.

내심 경계심을 가졌다. 녀석도 한라산에서 하산했다면 북한산과 관련된 소식을 들었을 터였다. 가장 먼저 나를 의심하는 게 타당했다.

"너 머리가 왜 그래?"

"……요즘 유행하는 패션이야."

"도, 독특하네."

반쯤 타버려서 파마를 한 것만 같은 머리.

에인션트 원의 제단에 들어가며 생긴 부상이었다.

몸의 다른 상처는 다 치유가 됐는데, 머리만은 그대로였다.

"학교도 안 가고 있다더라. 요즘 잘 지내는 거 맞지?"

"잘 지내려고 노력 중이지. 그런데 옆에 분들은?"

여자 둘, 남자 하나.

균형 잡힌 조합이었다.

여자 두 명은 굉장히 예뻤다. 남자 한 명은 겉옷으로도 감추지 못할 만큼 근육질의 마초맨이었고.

'전부 각성자로군.'

한 명 빼곤 다 초면이다.

연예인 뺨을 후려갈길 만큼 태가 사는 여인.

우유처럼 새하얀 피부와 골든 블론드 색깔의 단발 머리칼이 유독 잘 어울리는, 고아한 미인상!

'성녀 시리아.'

그녀는 분명히 성녀 시리아였다. 지금은 아니겠지만, 민식이 이 녀석은 함께 갈 구성원으로 가장 먼저 성녀 시리아를 택한 것이다.

어느 정도 예상을 하긴 했다.

성녀 시리아는 굉장히 높은 잠재력과 특히 '회복' 관련 스킬에 있어선 타의 추종을 불허하는 여인이었으니까.

그런데 그녀는 본래 외국인이고 러시아 출신이다.

왜 그녀가 지금 한국에 있는 걸까.

물론 성녀는 마검사와 궁합도 잘 맞다. 나름 생각하여 영입한 듯싶긴 했지만 작은 의문이 남았다.

또한 남은 둘은 초면이었다.

'싸우면 아슬아슬하게 이긴다.'

수많은 실전 경험을 밑바탕 삼아 결론을 내렸다.

저들이 각성자이긴 하나, 내 눈에는 모두 초보자와 다름이 없었다.

각성한 지 길어야 3개월. 나와 능력치는 비슷하거나 조금 떨어지는 수준.

그나마 민식이가 마음에 걸리지만 마검사는 다른 누구보다 내가 제일 잘 안다. 녀석이 사용할 스킬과 그 스킬을 파훼하는 방법 모두 내 머릿속에 남아 있었다.

"이쪽은 시리아. 그리고 이쪽은 린린과 샤오팅 남매야."

민식이가 말했다.

그나저나 참 글로벌하게 노네.

뒤의 둘은 처음 들어보는 이름이다.

특히 시리아 쪽에 힘을 주는 걸 보면, 내 반응을 떠보려는 건가?

나는 무덤덤하게 답했다.

"다 외국인이네?"

"맞아. 시리아는 러시아, 린린과 샤오팅은 중국에서 며칠 전에 왔어."

나는 그들에게 작게 고개를 숙였다.

그들은 설렁설렁한 태도였다.

아니, 아예 표정 하나 바뀌질 않았다. 나 같은 건 안중에도 없다는 건가?

"뭐, 일단 들어와. 변변치 않지만 왔으니 차라도 대접해 줘야지."

그대로 세워둘 수도 없는 노릇이니 그들을 집 안으로 들였다.

그러자 동시에 린린이라 불리던 여인이 코를 부여잡았다.

"피 냄새."

한국말도 쓸 줄 아는군.

나름 창문도 다 열어서 환기도 했는데 아직 냄새가 덜 빠진 모양이었다.

나는 녹차를 타고 그들 앞에 찻잔을 내려놓은 뒤 말했다.

"와, 개코네. 실은 얼마 전에 여자 친구를 사귀어서……."

"정말? 잘됐다! 내가 아는 사람이야?"

"네가 모르는 사람."

'나도 모르는 사람.'

심지어 사람이 맞는 건지도 모르겠다.

그러자 민식이가 자기 일처럼 기뻐했다.

그래도 기뻐하는 거 보니 나쁘지 않은 기분이다.

아직 일말의 의심은 남았지만 어쨌거나 녀석이 '영웅'을 지향하는 건 확실한 것 같았다.

"나중에 꼭 소개시켜 줘."

"알았어."

이 주제는 별로 좋지 않았다.

시리아와 린린의 눈이 나를 짐승처럼 바라보는 듯했다.

나는 내심 혀를 차고 바로 주제를 바꿨다.

"그런데 웬일이야? 갑자기 우르르 몰려오고. 나는 네가 이렇게 국제적인 녀석인지 몰랐는데."

"사귄 지 얼마 안 된 친구들이야. 내가 연락해서 한국에서 보자고 했거든."

나는 당황한 것처럼 눈을 깜빡이며 말했다.

"사귄 지 얼마 안 됐는데 비행기 티켓을 끊어서 한국까지 왔다고?"

"그런 사정이 있어. 안 그래도 그거랑 관련해서 너한테 말하고 싶은 게 있기도 하고."

녹차를 한 모금 입에 머금고 찻잔을 내려놨다.

본론으로 들어가겠다는 의사다.

나는 가만히 귀를 기울였다.

그러자 민식이가 내 양손을 붙잡았다.

"한성아, 우리와 함께하자."

"뭘?"

내가 의문을 갖고 되묻자 녀석이 눈에 힘을 꽉 주며 말했다.

"함께 세상을, 세상을 구하자."

……이건 또 무슨 소리야?

민식이의 황당 발언에 나도 잠시 당황하고 말았다.

시리아를 봤을 때 '이 녀석이 어벤져스를 만들려고 하는구나!' 하는 감은 왔지만, 거기에 나마저 끼워 넣을 생각일 줄은 몰랐다.

왜냐면, 민식이 이 녀석은 알고 있었기 때문이다.

내가 얼마나 영웅 놀이를 지긋지긋해했는지.

또한 녀석은 자기 입으로 말했다. 내가 너무 부러워서 미웠다고. 서로 돌아온 뒤 다른 관계가 되어보자고 생각은 했지만 여전히 우리는 '애증의 관계'를 벗어나지 못하고 있었다.

그런데 나를 자기 팀에 넣겠다고?

"세상이 멸망하기라도 한대?"

"멸망할 거야, 머지않아서. 하지만 나를 따라오면 너는 평범한 사람을 벗어난, 특별한 힘을 얻을 수 있어."

"갑자기 훅 들어와서 조금 이해가 안 되는데."

어퍼컷에 제대로 꽂힌 느낌이었다.

돌아온 지 이제 한 달이 겨우 되려고 한다.

그런데 민식이는 벌써 성녀 시리아를 접하고, 예사롭지 않은 중국인 둘을 포섭했다. 거기에 나까지 넣을 생각이다.

'미래가 많이 틀어지겠군.'

나는 이 부분에 있어선 조심스러운 입장이었다.

최대한 많은 변수를 생각하고 예측하며 움직였다.

하지만 민식이는 대놓고 판을 벌일 생각인 것 같았다. 미래가 바뀌는 것도 감안하며 보다 빠르게 속도를 내겠다는 의지가 느껴졌다.

'폭주기관차.'

문제는 민식이가 스스로 브레이크를 잘 걸 수 있냐는 것.

지금 속도는 너무 빠르다. 물론 상황이 급박하니 빠른 것 자체는 괜찮다. 문제는 민식이가 표면에 나올 예정이라는 점이다.

사람들은 생각보다 편협하다. 자신의 이해의 범주를 아득히 뛰어넘은 '존재'를 과연 평범한 영웅이라 규정하고 받아들일까?

아니, 반대다. 오히려 악으로 규정하며 멀리하려고 할 게 분명했다.

나야 '문'과 '각성자'들이 대두되고 등장했으니 그 반발이 적었다지만, 민식이는 갑자기 서울 시내에 떨어진 슈퍼맨과 다를 바가 없었다.

평범한 인류와 슈퍼맨. 힘을 조절할 줄 모르는 슈퍼맨은 자기가 의도하지 않아도 문제를 일으키게 마련이었다.

분명히 험난한 과정일 것이다.

그리고 그 과정에서 민식이의 마음이 변하지 않는다는 보장이 없다.

'심안.'

나는 심안을 열었다.

혹시 모르지만, 만약을 위해 민식이를 '지배'할 생각까지 한 것이다.

이름: 김민식(value-지배 불가)

직업: 마검사

칭호:

　　● 뛰어난 초보자(1Lv, 힘+1)

능력치:

　　힘 35(34+1) 민첩 24 체력 30

　　지능 20 마력 15

잠재력(123+1/399)

특이 사항: 없음

스킬: 삼재검법(2Lv), 원소 마법(3Lv)

가치가 '지배 불가'로 표시되어 있었다.

뭐지? 무언가 기준이 있는 걸까?

놀들에게선 이런 현상이 한 번도 나타나지 않았다.

나는 내심 인상을 찌푸리며 시리아와 두 중국 남매를 바라
봤다.

이름: 시리아(value-30,000)

직업: 빛의 사제

칭호:

● 성스러운 빛(3Lv, 지능+5)

능력치:

힘 24 민첩 21 체력 20

지능 31(26+5) 마력 30

잠재력(121+5/455)

특이 사항: 빛의 축복을 받고 있습니다.

스킬: 성스러운 빛(3Lv), 빛의 가호(2Lv)

이름: 린린(value-23,500)

직업: 묘족(猫族)

칭호:

- 무서운 암고양이(3Lv, 민첩+5)

능력치:

힘 29 민첩 35(+5) 체력 21

지능 20 마력 15

잠재력(115+5/433)

특이 사항: 묘족의 왕과 계약을 맺었습니다.

스킬: 할퀴기(2Lv), 순간반응(2Lv), 낙법(2Lv)

이름: 샤오팅(vlaue-20,000)

직업: 야수전사

칭호: 없음

능력치:

힘 40 민첩 18 체력 32

지능 11 마력 10

잠재력(111/420)

특이 사항: 없음

스킬: 야수화(3Lv)

분명히 셋 모두 '가치'가 얼마인지 정확하게 나타났다.

400이 넘는 잠재력이 있어서인지 모두 산정된 가치가 높았다.

어쩌면 다른 이유가 추가된 것일 수도 있지만, 왜 민식이만 '지배 불가' 표시가 뜨는지 알 수 없었다.

'나와 같이 돌아왔기 때문에?'

그렇기에 지배의 대상이 아니라고 여긴 것일까?

어쨌든 처음 나타난 변수다. 포인트를 아무리 모아도 민식이만은 지배할 수 없다는 뜻이었다.

내가 멍하니 있자 민식이가 물었다.

"왜 그래?"

"아니…… 그냥, 생각 좀 하고 있었어. 갑자기 이 집을 떠나야 한다는 게 받아들이기 어려워서."

"이해해. 너도 어려운 시기를 겪고 있으니까. 계속 떠나 있는 건 아니야. 언제든지 원할 때 돌아와도 괜찮아."

필사의 연기를 펼쳐봤지만 포기할 생각은 없는 듯싶었다.

"당장은 나도 조금 복잡해."

"알아. 그래도 머리도 하고 여자 친구도 만든 거 보면 너도 나아가려고 하는 거잖아? 잘됐다. 이번 일은 너를 제대로 변화시켜 줄 거야."

이제 와서 아니라고 할 수도 없었다.

민식이는 고개를 끄덕이곤 이어서 말했다.

"나도 고민해 봤는데 말로 하는 것보다 행동으로 보여주는 게 더 빠를 것 같네. 잘 봐."

민식이가 오른손을 뻗었다.

화악!

동시에 작은 불꽃이 일어났다.

예상은 하고 있었지만, 나는 예의상 몸을 뒤로 틀며 놀란 표정을 지어 보였다.

"뭐, 뭐야? 왜 갑자기 손에서 불이 나와?"

"이건 불의 마법. 나를 따라오면 너도 이런 능력을 사용할 수 있어. 마침 너를 위해 봐둔 게 있거든."

"마술이 아니라 마법이라고?"

"아직도 의심되면 다른 걸 보여줄게."

물, 불, 공기, 흙.

네 가지 마법이 민식이의 손을 통해 발현되었다.

제법 신이 나 보였다.

'귀엽네.'

내가 과거 사용했던 마법과 비교하면 형편없지만 분명히 빠른 속도다.

눈앞에서 컵이 잘리고, 아무것도 없는 장소에서 물이 나왔다.

이쯤 하면 됐다고 판단하곤 입을 열었다.

"아, 알았어. 그만! 믿을게. 이러다가 식기 다 부서지겠다."

"믿어주면 됐어."

꿈틀!

그때였다.

옷의 소매로 숨겨둔 오른팔의 뱀이 움직인 것 같은 기분이 들었다.

"무슨 문제 있어?"

"그냥, 너무 놀라서. 마법이라니. 상상 속의 일이 현실에 닥칠 줄은 정말 상상도 못 하고 있었거든. 설마 이거 몰래카메라 같은 거 아니지?"

나는 슬쩍 오른팔을 뒤로 숨기며 말했다.

이윽고 뱀이 손목을 오르며 심장 부근에 위치하게 됐다.

처음 있는 일이었다. 여태껏 꿈쩍도 하지 않던 요르문간드가 움직인 것이다.

크기가 작아서 다행히 티는 나지 않았다.

내가 애써 무시하자 민식이가 정색하며 고개를 저었다.

"한성아, 나 지금 되게 진지하다. 물론 결정하기 어렵겠지. 갑작스러울 거야. 그 일이 있고 거의 한 달밖엔 안 지났으니까. 그래도 함께해 줬으면 좋겠어."

사랑 고백인가?

녀석답지 않게 굉장히 집요했다.

반드시 나를 데려가겠다는 의지가 절절했다.

여기서 거절한다면 그건 그거대로 문제였다.

'설마 이런 직구를 던질 줄이야.'

미지의 힘을 접한 10대의 청소년 중에 그 힘에 매혹되지 않고 거절할 수 있는 이가 몇이나 되겠는가. 게다가 그 주체가 내 친구라면 말은 다했다.

'적당히 맞장구만 쳐주자.'

더 부모님의 핑계를 대고 싶지는 않았다.

제단에 있으면서 나는 거의 부모님을 떠올리지 않았기 때문이다.

지독한 불효자였다. 사진이 없었다면 모습도 흐릿했을 것이다.

그분들이 계시던 시간보다 안 계시던 시간이 더욱 길었으니.

하지만 그와 별개로 나는 민식이와 달리 세계에 모습을 드러낼 생각이 한 톨도 없었다.

음지의 사냥꾼이 되겠노라고, 오로지 적들의 목을 노리는 검이 되겠노라고 결심하지 않았던가.

그러니 적당히 맞장구만 쳐주자.

어차피 한 번쯤은 겪을 일이었다. 차라리 빠르게 결론을 내리는 게 낫다.

나에 대해 실망하게 만들면, '어벤져스'의 무리에서 자연스럽게 도태될 수 있을 것이었다.

"대신 조건이 있어."

"조건? 말만 해."

"내가 원할 때 단순히 집으로 돌아오는 것만이 아니라, 아예 나갈 수 있게 해줘. 말만 들어선 이상한 다단계 같으니까."

"……그래. 다단계랑 비교하는 게 자존심은 상하지만 강요할 순 없지. 또 다른 건 없어?"

내가 고개를 끄덕이자 민식이가 작게 웃었다.

한번 미지를 접하면 내가 거기에 몰두할 것이라고 자신하는 듯싶었다.

하기야 원래의 나였다면 지금 한창 게임에 몰두하고 있었을 것이다.

몇 날 며칠 잠도 안 자면서 게임만 하고 있을 시기. 그야말로 폐인이 따로 없다.

민식이도 중요한 사람들을 잃어봤기에 그러한 과정을 잘 안다. 폐인보다 미지를 접하고 마법에 몰두하게 만드는 것이 낫다고 생각해도 이상할 건 없었다.

'나쁜 의도는 없어 보이는군.'

확실히 민식이는 알레테이아의 중간 간부와는 어울리지 않았다.

지금의 모습이 더 자연스러웠다.

하지만 나는 적당한 시기에 빠져나올 생각이었다.

아니면 적당히 거리를 두거나.

내가 가진 정보들은 극비가 아닌 게 없었다.

오로지 나만이 그 정보들을 컨트롤할 수 있었다.

다른 변수가 끼어드는 건 그다지 바람직하지 않았다.

"그런데 난 뭘 하면 돼?"

"북한산으로 갈 거야."

"크흠! 북한산? 그 지금 한창 시끄러운 곳?"

태연하게 모른 척을 했다.

내가 지배한 놈들이 문제가 되어 시끌벅적해진 것이지만 사실을 밝힐 순 없는 노릇이었다.

"거기에 또 다른 문이 있는 모양이야. 아아, 문은 다른 세상으로 통하는 입구인데……."

민식이가 장황하게 설명을 늘어놓았다.

아무래도 민식이는 북한산의 '문'에 대해 모르는 듯싶었다.

'다 알고 있는 건 아니구나.'

북한산의 황금 문도 나름 극비였다. 56명만 시련을 이기고 제단에서 무언가를 얻는 게 가능했으니, 그다지 크게 알려질 것도 없었다.

있는 괴물이라고 해봐야 놈들이 전부이고.

나는 대충 민식이의 설명을 듣곤 고개를 끄덕였다.

"북한산…… 알았어. 그러니까 짐 싸야 한다는 소리지?"

"입을 것만 챙겨. 나머진 내가 해결해 줄게."

"그, 그래. 허, 참. 이게 무슨 일인지."

어수룩한 모습을 보이며 방 안으로 들어갔다.

그러고는 문을 닫고 대충 짐을 챙기는 시늉만 하면서, 거실에서 나누는 대화를 들어보았다.

"평범한 사람처럼 보이는데, 정말 도움이 돼?"

"린린, 그는 대단한 사람이다. 분명히 도움이 될 거다."

"네가 그렇게 말한다면 그런 거겠지. 내 고양이의 감은 별로라고 말하지만 말이야."

"누이여, 우리가 한 약속을 잊어선 안 된다. 우리는 김민식을 따른다."

"샤오팅, 고맙군."

대충 나에 대한 불신을 늘어놓고 있었다.

나를 대할 때와 저들을 대할 때의 민식이의 태도도 조금은 달랐다.

나는 어깨를 으쓱했다.

저들의 힘, 잠재력은 분명히 굉장했다. 이 짧은 시간에 민식이가 어떻게 모았는지 모를 정도로.

시리아는 조용했다. 원래부터 그녀는 말수가 많은 편이 아니었다.

'이렇게 다시 만나게 될 줄은 몰랐군.'

성녀 시리아.

한때 잠시 스쳐 지나갔던 연인.

나는 씁쓸하게 웃으며 짐을 챙겼다.

북한산!

맑은 정기, 고요한 정적.

설마 이런 식으로 다시 돌아오게 될 줄은 몰랐다.

민식이는 익숙한 듯 네 명에게 지시를 내렸다.

"나와 한성이가 인수봉 근처를, 시리아는 남쪽을, 린린과 샤오팅은 서쪽을. '문'을 품은 변이체를 발견하면 즉시 연락하도록. 아니라면 6시간 뒤에 이곳에서 다시 만나지."

이 팀의 대장은 민식이인 듯싶었다.

저들은 나름 일사불란하게 움직였다.

나는 민식이와 함께하게 되었다.

'미치겠군.'

하지만 머지않아 자신의 '운이 없음'에 나는 절망하고 말았다.

"하! 정말 문을 넘어 나온 괴물이 있을 줄이야."

"괴, 괴물이라고?"

"놀이 20마리라니. 제길, 한성아. 피해 있어. 내가 시간을 끌게."

인수봉 근처를 배회하고 3시간쯤 지났을까.

우리는 20여 마리의 놀과 조우하게 되었다. 놀 20마리면 지금의 민식이도 버거운 수준이다.

급박한 순간이지만 나는 내심 한숨만 내쉬었다.

놀들에게는 적의가 없었다.

있을 리가 있나. 녀석들은 오히려 똘망똘망한 눈초리로 나를 바라만 보고 있었다.

'내 냄새를 맡고 왔구나.'

놀은 기본적으로 개과의 괴물이다. 그만큼 냄새 하나는 기가 막히게 잘 맡는다.

내가 북한산에 오르기 시작할 때부터 녀석들은 내 기척을 알아차렸을 것이다.

아니면 '지배자'에 의한 끌림일 수도 있고.

하여간 곤란한 상황이었다. 어느새 민식이의 손에는 검이 들려 있었다.

정확히 말하자면 불로 만든 검이다.

내가 자주 즐겨 사용하던 방식.

민식이는 슬쩍 나를 돌아봤다.

"빨리 도망가라니까!"

"잠깐, 저게 괴물이라고?"

"최하급 괴물이라도 무시하면 안 돼. 사람의 살점쯤은 간 단하게 찢어……."

"내가 보기엔 괴물 아닌 거 같은데."

이판사판이었다. 나는 새로운 능력을 개화하기로 마음먹 었다.

나는 상반신을 굽혀 천천히 손을 위아래로 움직였다.

그러자 놀들의 시선이 내 손에 고정되며 고개를 위아래로 흔들었다.

"이게 무슨……!"

민식이의 눈이 화등잔만 해졌다. 입은 떡 벌어졌다.

놀란 기색이 역력했다.

아무리 봐도 놀들에게선 적의가 없었다. 오히려 놀들은 나 를 따르고 있었다.

내게 있어선 당연한 일이지만 민식이 눈에는 퍽이나 기적 처럼 보일 것이었다.

이윽고 놀들이 내 주변으로 질서정연하게 몰려들었다.

민식이는 경계했지만, 함부로 공격을 하진 못했다.

"뉴스에서 봤어. 불독의 돌연변이라며? 확실히 좀 이상하게 생기긴 했네."

"아니…… 그럴 리가 없잖아. 이놈들은 놀이라고."

"원래 개들도 종류가 많지."

내가 놀들과 도리어 잘 놀자 민식이가 당황한 듯 내뱉었다.

"원래 이런 능력은 없었는데……."

"뭐라고?"

"테이머, 네가 테이머의 재능을 가지고 있나 보다. 괴물술
사가 없는 건 아니었지."

괴물술사.

알레테이아의 사제들은 모두 그와 관련된 재능을 가지고
있었다.

하지만 처음 본 괴물들이 따를 정도라면 그 재능이 압도적
이라는 뜻이다. 거의 제사장에 육박하는 재능이었다.

끝끝내 마룡까지 길들이지 않았던가.

민식이의 눈동자가 복잡해졌다.

"이 녀석들 되게 잘 따르네. 뭐 먹을 거 없냐?"

"먹을 건 왜?"

"배가 고프다고 하는 거 같아서."

처음부터 의도된 결과는 아니었지만 한번 정했으면 뚝심
있게 밀어붙어야 하는 법이었다.

민식이의 표정이 완전히 굳어버렸다.

"설마, 목소리가 들려?"

"목소리까진 아니고. 뭘 원하는지 정도는 알 거 같아. 테

이머라면 내가 얘들을 기를 수 있는 거야?"

"앞에 글자 같은 거 안 떠? 아, 아니지. 넌 아직 각성도 안 했잖아. 허!"

민식이가 헛기침을 토했다. 그러고는 호주머니에서 육포를 몇 개 던져 주며 생각에 잠겼다.

"마검사로 전직하면서 원래 있던 재능이 퇴화한 건가? 그러면 원래 이쪽이 천직이라는 소리인데……."

"뭔데 아까부터 계속 혼잣말이야?"

"네가 말도 안 되는 천재라는 소리다! 이건 진짜 말도 안 되는 일이라고!"

민식이가 끝내 목소리를 높였다.

오바는.

나는 피식 웃었다.

"글자는 안 보이는데?"

"그래서 다행이야. 내 나쁜 버릇이 또 나올 수 있으니까."

나쁜 버릇.

너무 부러워서 반대의 마음이 생길 수 있다는 말이었다.

녀석을 움직이는 원동력은 과거 찬란하게 빛나던 나의 모습이었으니.

당시 내 속은 썩고 있었지만 민식이에게 나란 존재는 그러했을 터였다.

띠리리링!

그 순간 민식이의 휴대전화가 울리기 시작했다.

수신을 승낙한 민식이가 짧게 통화를 하더니, 고개를 끄덕이며 입을 열었다.

"린린이 변이체를 찾았대. 그쪽으로 가자."

"애들은? 데려가도 돼?"

나는 20마리의 놀을 가리켰다.

놀들은 어느새 내 주변을 둘러싸고 있었다.

마치 주인을 바라보듯 꼬리를 흔들며 내 주변을 마구 도는 중이었다.

민식이는 반쯤 체념한 듯이 말했다.

"……마음대로 해."

모두가 한마음이었다.

나와, 내 뒤를 따르는 놀들을 발견한 순간 그들은 공격 태세를 갖추었으나, 곧 민식이의 설명을 듣고는 불신 가득한 눈초리로 나를 바라봤다.

"이게 말이 돼?"

린린이 놀들과 멀리 떨어진 채로 말했다.

그녀는 묘족의 힘을 이어받은 전사다. 개과의 놀을 좋아하는 편은 아닌 것 같았다.

"굉장히 특이한 재능이로군."

샤오팅도 한몫 거들었다.

반면 저들과 달리 시리아는 물끄러미 놀들만 구경하고 있을 뿐이었다.

'시리아는 개를 좋아했지.'

고작 몇 개월밖에 안 이어진 연인이었지만, 알고 지낸 시간은 제법 길었다. 그녀도 영웅 중 하나였고 특히 '성녀'의 힘은 모든 이에게 필요했기 때문이다.

처음 민식이가 시리아를 데려왔을 때 의심을 하긴 했다. 하지만 시리아와 내가 연인 사이였다는 것을 아는 사람은 한 명도 없었다. 우리 둘만의 연애였다.

영웅의 길에 성녀는 반드시 필요하니 우선적으로 데려온 것이리라 생각은 했지만, 막상 내 눈앞에서 다시 시리아를 보니 약간의 그리움이 드는 것도 어쩔 수 없었다.

"놀들에게 공격 의사는 없어 보인다. 놀들이 그를 매우 잘 따르는 이유는 그가 테이머로서의 남다른 자질을 가지고 있기 때문이다."

민식이가 제법 딱딱한 어투로 말했다.

짐이나 되지 않을까 지켜보던 린린과 샤오팅의 눈빛이 달라졌다.

린린이 손을 번쩍 들곤 물었다.

"정말 각성도 안 했단 말이야?"

"그렇다. 그는 아직 '문'과 접촉하지 않았으니까."

"몇몇 각성자를 만나봤지만 각성 전에 이런 두각을 나타낸 사람은 본 적이 없어. 혹시 이미 각성한 상태면서 우리를 속이는 건 아니겠지?"

"그가 그래야 할 이유가 있나?"

린린이 나를 물끄러미 쳐다봤다.

"네가 고른 이유가 있었네. 내 고양이의 감이 거부하던 이유도 있었고."

그러면서 놀들과 조금 더 멀어졌다.

샤오팅도 고개를 끄덕이며 거들었다.

"그가 각성하면 순식간에 전력이 상승하겠군. 성녀와 전사, 마법사와 묘족, 거기에 테이머라!"

"샤오팅, 꽤 괜찮은 조합 아닌가?"

"그런 것 같군."

샤오팅이 만족스럽다는 듯 고개를 끄덕였다.

그들과는 별개로 나는 놀들에게 육포를 던져 주며 고민했다.

'녀석의 자질을 확인할 수 있는 기회이긴 하지.'

영웅이 될지, 다시 사도가 될지.

만약 사도의 자질이 더욱 눈에 들어온다면 나는 가장 쉬우면서 어려운 길을 택할 수밖에 없었다.

내 손에 피를 묻히는 길을!

녀석의 말은 진심이었다.

하지만 말이 아닌 행동으로 보이며 나를 실망시키지 않기를 바란다.

탁!

민식이가 손뼉을 쳤다.

모두의 시선이 집중되자, 이어서 말했다.

"자, 변이체를 사냥하러 가지."

변이체의 사냥은 단순했다.

린린과 샤오팅이 몰이를 하면 민식이가 정면에서 불의 검
을 휘둘렀다.

전투를 시작한 지 고작 10여분 만에 상황이 종료되었을 정
도니 과연 능력자 조합이라고 할 수 있었다.

'나를 많이 참고했구나.'

내가 팀을 이루고 사냥하는 방식과 비슷했다.

단순히 나를 보는 것만으로는 할 수 없는 활용이다.

나를 닮고자 노력했거나, 연구를 했다는 방증.

혹시 돌아올 때를 대비해서 그런 준비를 한 걸까?

지이이익!

곧 변이체의 사체에서 황금색의 문이 떠올랐다.

"한성아, 따라와. 다른 세상이 펼쳐질 거야."

가장 먼저 민식이가 들어갔다.

이윽고 린린과 샤오팅, 그리고 시리아가 지나가자 그다음
은 내 차례였다.

'다른 세상이라.'

너무 많이 봐서 이제는 별로 다른 세상 같지는 않았다.

나는 귀를 한차례 후비적 파곤 황금색의 문에 손을 댔다.

그러자 황금의 기류가 내 몸을 덮고 곧 주변 배경이 달라졌다.

['고대의 제단(1Lv~5Lv)' 으로 향하는 '문' 을 발견했습니다.]
[능력치 총합 150 이하만 입장이 가능합니다.]

일전에 봤던 문구들.

다행히 지금의 나는 능력치 총합 148로, 150 이하였다.

나는 주변을 둘러봤다.

드넓게 펼쳐진 황야.

가장 먼저 들어왔던 민식이는 심각한 얼굴을 하고 있었다.

"역시 누군가가 먼저 들어왔나 보군."

최초 보상이 없음에 민식이는 표정을 굳혔다.

하지만 최초 보상은 내가 먹었다. 1,000포인트. 없는 게 당연했다.

"놀들도 그때 탈출한 것 같은데…… 누구지?"

민식이가 미간을 쥐었다.

"나 외에 다른 자가 돌아온 건가? 신자 중에 누군가가?"

아주 작게 말했으나, 나는 분명히 들었다.

거기에 신경을 집중하고 있던 덕이었다.

'알레테이아의 의식에 몇 명이 성공했는지 녀석도 모르는

모양이군.'

알레테이아는 시간의 의식을 행했다. 내가 막았으나 민식이가 돌아온 걸 보면 여전히 다른 누군가가 돌아왔을 가능성도 배제할 순 없었다.

하기야 나를 의심하는 것보단 다른 신자들이 돌아온 게 아닐까 의심하는 것이 타당하긴 했다.

나는 어디까지나 외부자였으므로.

일순간 민식이의 눈가에 살의가 솟았다.

"빠르게 움직인다. 제단으로 향하는 길이 있을 것이다."

마음이 급해졌는지 발걸음도 빨라졌다.

제단은 서쪽에 있다.

하지만 민식이는 제단의 정확한 위치를 모르는 모양이었다.

우리는 쉬지도 않고 동쪽으로 향했다.

하지만 동쪽엔 더욱 많은 놀이 기다리고 있었다. 무엇보다 나를 노리는 '치프'들의 영역과도 겹쳤다.

나는 이곳 놀들의 생태계를 교란시킨 주범이었다.

이 영역을 지배하는 세 마리의 놀 치프도 내 존재를 알고 있었다.

끊어 먹는 식으로 놀들을 유인해 사냥했었으니, 열이 잔뜩 올라 있을 것이었다.

'놀 치프가 설마 함정을 파놓을 줄이야.'

우리는 습격을 받았다.

정확히 말하자면 나를 노리고 공격을 했다.

놀들은 땅을 파서 숨고, 바위 뒤에 숨어서 우리의 뒤를 노렸다.

문제는 놀의 숫자였다.

족히 천여 마리.

일반적인 놀의 머리에선 결코 나올 수 없는 수다.

분명히 놀 치프의 주도하에 벌어진 일이었다.

우리는 흩어질 수밖에 없었다. 해일처럼 밀어닥치는 놀들을 상대하느라 모두가 정신이 없었기 때문이다.

놀 치프의 의도는 뻔했다. 우리를 떨어뜨려 놓는 것!

'놀 주제에 제법 머리가 좋군.'

치프라고 해도 놀은 놀이다. 그런데 이런 전술을 구사할 줄이야.

푸아아악!

나는 거대 식인꽃의 배를 가르고 바깥으로 나왔다.

내가 지배한 놀들도 그 안에 있었다.

추적해 오는 놀들을 따돌리고자 임시방편으로 거대 식인꽃의 입에 자처하여 몸을 내던진 것이었다.

소화액으로 온몸이 질척했지만 죽는 것보단 나았다.

다행히 주변에 나를 쫓던 녀석들은 보이지 않았다.

나는 고개를 내젓곤 시선을 옮겼다.

놀들이 양손으로 받치며 누군가를 들고 있었다.

가만히 입을 열어 이름을 불렀다.

"시리아."

성녀 시리아!

놀 치프의 습격으로 가장 먼저 노려진 게 시리아다.

본능적으로 알아본 건지는 모르겠지만 확실히 시리아의
회복이 없으면 전투를 오래 지속할 수 없었다.

우리의 대열이 빠르게 무너진 이유다.

그래도 지배한 놀들로 겨우 시리아를 챙길 수 있었다.

나는 인상을 구겼다.

'차라리 잘됐다.'

린린이나 샤오팅, 민식이 모두 제 한 몸 간수할 줄 아는 사
람들이었다.

그들을 걱정하진 않았다.

놀들의 습격으로 인해 예정이 틀어졌지만, 차라리 잘됐다.

이렇게 된 이상 이제는 내 마음대로 움직이리라.

물론 시리아가 남기는 했지만 그녀는 내가 잘 아는 사람이
다. 그녀를 구슬릴 방법쯤은 많았다.

지금 내 눈은 짜증으로 번들거리고 있었다.

사냥꾼이 사냥감이 되는 기분은 참으로 더러운 것이었다.

그것도 놀 따위에게.

'전부 쓸어버려야겠군.'

그러니, 놀 치프.

감히 누구를 건드린 것인지 확실하게 각인시켜 줘야겠다.

가장 먼저 남은 전력을 확인했다.

놀 17마리, 기절한 시리아, 그리고 나.

'놀들도 제법 성장한 상태다.'

하지만 내가 지배한 놀들은 성장이 빨랐다. 일반적인 놀들과 비교해서 1.5배 정도의 능력치를 가지고 있었다.

나는 그중 가장 강한 녀석을 골라 심안으로 살폈다.

['놀22'의 정보가 갱신됩니다.]

이름: 놀22(value-134)

종족: 놀

　　힘 25(24+1) 민첩23(22+1) 체력 24(23+1)

　　지능 12 마력11

　　잠재력(92+3/115)

특이 사항: '오한성'에게 지배된 상태입니다. '오늘부터 우리는 하나다. (힘민체+1)' 효과를 받고 있습니다.

가장 오래 살아남있으며, 가장 잠재력이 높은 놀이었다.

다른 놀들에 비해서 덩치도 컸다. 능력치의 폭이 넓어지며 신체도 성장을 한 것이다.

'일반적인 놀들보다 내가 지배한 놀들의 성장이 더욱 빠

르다.'

일반적인, 내가 지배하지 않은 황야를 전전하는 놀들도 성장은 한다. 살펴본 결과는 그랬다.

일반적인 놀들의 능력치 총합은 평균 50 전후였다. 반면에 내가 지배한 놀들은 80 정도에 다다른다.

왜일까? 어째서 이런 차이가 나는 걸까?

'내가 더 오래 생존시켰기 때문에?'

아니다. 나는 고개를 저었다. 단순한 생존의 문제였다면 놀 치프의 휘하 놀들은 잠재력을 모두 채웠어야 했다.

하지만 그렇지 않았다.

이러한 차이는 분명히 내가 가진 '지배자'의 힘과 연관이 있을 터였다.

'우리엘 디아블로의 권능과도 같지.'

심안과 더불어 절대력을 행사하는 종류의 힘이었다. 이 스킬에는 내가 모르는 무언가가 더 있는 모양이었다.

나는 턱을 쓸었다.

'보유한 포인트는 7,700가량.'

이 역시 내가 가진 힘이었다.

에인션트 원의 시련을 이겨내고 7천 포인트가량을 얻은 게 주효했다.

평범한 놀을 150마리가량 지배할 수 있을 것이지만, 나는 발상을 달리했다.

'놀 치프는 세 마리다. 그중 하나를 지배하면?'

이 주변의 영역을 다스리는 놀 치프는 총 세 마리였다.

나는 그중 하나의 공격을 받았다. 하지만 남은 두 마리가 있었다.

걸리는 건 놀들을 다스리는 놀 치프의 가치다. 평균 천 마리 정도를 대동하는 녀석들이니 7,700으로도 부족할 수 있었다.

'가치를 매기는 산정 방식엔 변수가 너무 많아.'

그래도 도전해 볼 만했다.

놀의 사냥은 끝나지 않으니 조금이라도 더 모을 수 있을 것이다.

물론 지금의 나는 일반적인 놀을 사냥해서 얻을 수 있는 포인트에 한계가 있었다. 포인트는 강한 상대를 죽이면 많이 주고, 약한 상대를 죽이면 적게 주는 탓이다.

"으으음……."

신음이 들렸다.

고개를 돌리자 시리아가 정신을 차리고 있었다.

아직은 해가 걸려 있는 시간이었다. 저녁이 되기 직전의 황혼녘과 나를 번갈아 보더니 시리아가 처음으로 입을 열었다.

"여기가…… 어디죠?"

"지옥."

"농담할 기분 아니에요."

대찬 성격은 그대로였다.

말이 없을 뿐이지, 시리아는 예전부터 이런 성격이었다.

'변함없네.'

내심 웃었다. 시간이 지나도 변하지 않는 게 진짜 있긴 한 듯했다.

시리아는 끈적끈적한 자신의 몸을 보곤 미간을 작게 찌푸렸다.

"그 자유분방한 이목구비 치우고, 왜 제가 이 꼴인지 설명해 주세요."

게다가 한번 입이 열리면 말이 많아지는 것도.

그게 주로 악담인 것조차도.

나중엔 성녀라 불렸던 주제에 말이다.

"뭐가 그렇게 웃기죠?"

"생명의 은인한테 이목구비가 자유분방하다니, 너무 말이 심한 거 아닌가?"

"당신이 저를 구했나요? 다른 사람들은 어디 있고요?"

"구한 건 내가 아니고 내 놀들이. 그리고 나머지 사람들은 놀들의 습격으로 다 흩어졌다. 여기 있는 건 우리 둘밖에 없어."

차례대로 답해줬다.

곧 시리아가 내 옆으로 정렬한 놀들을 바라봤다.

놀들은 헉헉대며 이내 시리아의 옆으로 다가갔다.

얼굴은 개랑 비슷하니까 딱히 거부감이 없어서 다행이다.

시리아는 자신의 주변을 둘러싼 해맑은 놀의 무리에 잠시 주저앉고 말았다.

"아······!"

"귀여운 걸 보면 다리에 힘이 풀리는가 보군. 놀들한테 습격당한 직후인데 말이야."

"걔네는 나쁜 놀들이잖아요. 그런데······ 통역이 아니네요. 당신, 러시아어를 쓸 줄 아는군요."

각성자는 서로의 언어가 자동으로 통역되어 소통할 수 있었다.

린린과 샤오팅은 한국어를 능숙하게 사용할 수 있었지만, 시리아는 아니다.

시리아에게 한글을 가르쳐 준 건 나였으니까.

반대로 내게 러시아어를 가르쳐 준 건 시리아였다.

"조금 쓸 줄 알지. 그나저나 조금 씻고 오는 게 어때?"

내가 코를 쥐자 시리아의 얼굴이 빨갛게 물들었다. 거대 식인꽃의 위액으로 인해 질척이는 게 시간이 지날수록 악취를 풍기고 있었다.

"아니면 정신을 잃었을 때 내가 씻겨줄 걸 그랬나?"

"씻을 곳은 어디 있죠?"

"저기."

내 손이 가리키는 곳에 작은 샘이 하나 있었다. 시리아는 자리에서 일어나 빠르게 걸음을 옮겼다.

그리고는 어느 정도를 걷고 난 뒤 우뚝 멈추곤, 나를 바라보며 입을 열었다.

"구해줘서 고마워요."

"잘 안 들리는데?"

"원래 성격이 그런가요?"

"어."

"……고마워요."

그러고는 뒤도 안 돌아보고 샘을 향해 달려갔다.

많이 창피해하는 성격도 여전했다.

평소에 과묵한 이유는 자신의 성격을 숨기기 위해서다. 나는 알고 있었다.

그녀의 집안, 그녀의 사정, 약해 보여선 안 되는 이유. 그 모든 걸.

황홀한 미모지만, 그녀는 유약해 보이는 인상이 싫어서 머리도 단발로 잘랐다. 나중에야 기르지만 지금은 그랬다.

헥헥헥!

놀들이 샘으로 향하는 시리아와 나를 번갈아 쳐다봤다.

이 역시 지배자의 영향일 것이다. 지배자인 내가 시리아에게 호감을 갖고 있기에, 이 녀석들도 시리아에게 호감을 느끼는 것이었다.

'내일부터 본격적으로 움직인다.'

놀들은 밤눈이 좋았다. 섣불리 움직였다가 뒤를 잡히면 이번처럼 빠져나올 수 있다는 보장이 없었다.

우리를 습격했던 놀 치프. 놈은 제법 머리가 좋았다.

언제나 신중하게. 이 열세를 뒤집으려면 항상 앞뒤 좌우를 잘 살펴야 했다.

몸이 크게 뒤틀렸다.

뱀이 전신을 기는 느낌.

'또 같은 꿈이군.'

뱀과 같은 여인과 교접을 하는 꿈이었다.

미치도록 아름다운 매력이 깃든 여인이지만 한번 물리면 도저히 손을 쓸 수가 없었다.

그날. 7일 내내 잠들었던 그날 이후로 매일 밤 나는 같은 꿈을 꾸고 있었다.

"아아!"

덮쳐졌다. 나는 꼼짝도 할 수 없었다. 벌써 몇 번이나 반복되는 상황.

'오늘은 당하고 있지만은 않는다.'

하지만 오늘은 달랐다. 시리아와 이야기를 나눠서일까? 왜인지 모르겠지만 신체에 어느 정도 자유가 주어졌다.

나는 자세를 바꿨다. 뱀 여인을 깔아뭉개고 그대로 머리채를 쥐어 잡았다.

그러자 뱀 여인이 웃었다.

나는 묻지 않을 수 없었다.

"넌 누구지?"

"가짜 신 주제에 아랫도리는 튼실하구나."

실제로 그러했다. 분명히 신체의 자유를 얻었지만, 하반신은 뻐근해질 정도로 쉴 새 없이 움직이고 있었다. 마치 늪에 빠진 기분이었다.

처음으로 듣는 목소리. 위엄 있고, 동시에 고혹적이었다.

"가짜 신?"

"창고 안에서 신의 흉내를 내지 않았더냐? 네 왼쪽 손가락에 있는 것 말이다."

왼쪽 손가락에 있는 것이라곤 반지뿐이었다.

본래는 민식이의 것이었다. 육망성이 그려진 지금은 그 모습이 조금 달라졌지만 본래 내 것이 아니긴 했다.

그러나 여태껏 이 반지를 본 사람은 없었다. 민식이조차도 말이다. 그리하여 나만이 볼 수 있는 것인 줄 알고 있었건만.

"짐이 너를 덥석 물어버린 이유이지."

"요르문간드!"

"이름은 중요하지 않다. 짐은 한때 세계를 집어삼켰던 존재이니. 너의 힘을 빌려 오딘을 죽이는 게 내 목적이었거늘……. 하나 너도 나쁘지 않다. 너에게 깃든 개벽(開闢)의 힘과 또 다른 하나의 힘을 개화시킬 수 있다면 능히 나의 부마가 될 자격이 있지."

요르문간드.

그녀의 미소가 더욱 짙어졌다.

몸짓이 더욱 거칠어졌다.

이윽고 세상이 다시금 흐릿해지기 시작했다.

"네 안에 있는 왕의 힘, 언제 꺼낼 것이냐? 하나이면서 둘인 존재여."

"······!"

상반신을 들어 일으켰다.

전신에 식은땀이 가득했다.

'매일 이러다간 피골이 상접하겠군.'

귀접이라니.

정기란 정기는 모조리 빨린 기분이었다.

정말 꿈이 맞는지조차 의심이 될 정도로 현실감이 있었다.

하지만 평소와 달리 당하지만은 않았다.

처음으로 뱀 여인, 요르문간드의 목소리를 들었다.

나는 심장 부근을 감싸고 있는 은빛의 뱀을 매만지며 생각했다.

'왕의 힘.'

마지막에 한 말이 떠올랐다.

왕의 힘. 하나이면서 둘인 존재.

데몬로드를 말하는 걸까?

요르문간드는 데몬로드와 내 혼이 이어져 있는 걸 알고 있는 듯했다.

하지만 그 힘을 꺼내라니.

'심안과 지배자 외에 다른 스킬을 가져올 수 있다면······.'

그게 가능했다면 백번도 더 가져오고 싶었다. 우리엘 디아블로의 스킬들은 하나같이 강력하지 않은 게 없었다. 특히 놈의 전매특허인 '검은 별'과 같은 건 더더욱 그랬다.

어떻게 가져오느냐는 의문은 여전히 남는다.

전이를 사용해 다시 심연으로 들어가라는 건지.

"일어나셨군요."

"아침이 빠르군. 익숙한 침대가 아니면 잘 못 자는 타입인가?"

"……아닙니다."

시리아가 정색했다.

시리아는 어느덧 마른 자신의 옷을 입고 있었다.

내 옷은 조심히 접어서 내 머리맡에 올려둔 뒤였다.

시리아가 옷을 빨고 입을 게 없어서 잠시 빌려준 것이었다.

나는 작게 웃으며 웃옷을 입고는 자리에서 일어났다.

약간의 죄악감도 있었다. 요르문간드가 보여준 꿈 탓이다.

나는 고개를 내저은 뒤 저 멀리 지평선을 바라봤다.

'시작해야겠군.'

사냥의 때가 찾아왔다.

캬아아아!

크르르르!

나는 17마리의 놀을 일사불란하게 움직이며 다시금 '놀의 생태계'에 발을 들였다.

적은 숫자만을 골라 습격하며 천천히 '놀 치프'의 영역으로 다가가는 중이었다.

우리를 습격한 놀 치프는 아니다.

내가 '헐크'라고 이름 지은 또 다른 녀석.

'가장 단순 무식하고 큰 녀석이지.'

하지만 놀 치프 '헐크' 역시 천여 마리의 놀에게 비호받고 있었다.

근처까지 다가가려면 나도 그에 준하는 전력이 필요했다.

하여 17마리의 놀을 빠르게 성장시키는 중이었다.

시리아가 있는 덕분에 사냥은 멈추지 않았다. 오히려 너무 빨라서 주체가 안 될 정도였다.

수색도 겸했지만 흩어진 사람들의 흔적을 쉽게 찾진 못 했다.

그렇게 이틀을 내리 사냥하자 변화가 생겼다.

['놀 그룹'의 사냥이 종료되었습니다.]

[19pt를 획득했습니다.]

['놀22'가 성장 한계치에 도달했습니다.]

['놀22'가 '놀 워리어'로 진화합니다.]

['놀 워리어1'의 성장 한계치가 115에서 180으로 늘어났습니다!]

놀22.

내가 이끄는 놀의 무리 중 가장 강력한 녀석. 놀22의 전신에서 빛이 흐르기 시작했다.

이윽고 놀22의 머리에 작은 뿔 두 개가 자라고 전신이 두 배가량 커졌다. 흉흉한 눈빛을 흩날리며 날카로운 발톱을 자랑하듯 뽑아냈다.

'진화했다?'

예상치도 못한 일에 나는 두 눈을 깜빡이곤 그 광경을 멍하니 바라보고 있었다.

6장
절대지배(1)

진화란 무엇인가. 점진적으로 오랜 시간을 두고 변해가는 형상이다. 애벌레에서 나비가 되는 건 가능하지만 그 역시 진화는 아니었다. 변태(變態)라는 단어가 또 따로 있었다. 말 그대로 모습을 바꾸는 것이다.

　그런데 평범한 놀이 놀 워리어가 됐다. 스스로의 틀을 깨부수고 '상위종'으로 거듭났다. 이런 현상은 정령사에게서나 찾아볼 수 있는 일이었다. 형체가 없는 정령이 시간과 마력 등을 들여서 상위의 정령으로 진화하는 것이다.

　하지만 정령은 생명체가 아니었다. 그 기원에 대해선 아직도 불분명하지만 일반적인 생명체의 틀에 둘 수 없었다. 반면에 놀은 어떤가.

　'어떻게 가능한 거지?'

　적어도 나는 처음 봤다.

내가 처음 봤다는 건, 인류 누구도 이러한 현상에 명확한 대답을 해줄 이가 없다는 뜻이다. 비스트 마스터조차도 자신이 기르던 짐승을 상위종으로 진화시키진 못한다. 자신의 스킬과 장비 따위로 짐승을 더욱 강화시키는 게 전부였으니.

성장 속도가 빠른 건 지배자 스킬 때문인 줄 알았다. 그러나 '지배'와 '진화'는 분명히 다른 영역이다. 다른 무언가가 있다.

'천지인.'

그러다가 나는 내심 탄성을 내뱉고 말았다. 작은 깨달음이었다. 천지인. 요르문간드는 개벽의 힘이라고 했다. 새로운 세상을 만드는 나만의 권능이었다. 이 권능이 모든 스킬에 영향을 끼친다면 지배자로 지배한 놈들의 이 현상에 대해서도 어느 정도 납득이 가능했다.

'이런 거였군.'

그제야 나는 천지인에 대한 이해를 조금 넓힐 수 있었다. 한계를 없애고, 만물을 상위의 것으로 진화시키는, 그야말로 사기적인 능력이었다. 이 사기적인 능력이 '지배자' 스킬을 만나 강력한 시너지를 일으킨 것이다.

크르르릉!

놀 워리어가 내게 다가왔다.

놀에서 놀 워리어가 되었으니 그 상위종인 놀 치프, 놀 로드로도 충분히 진화가 가능하다는 뜻이었다. 아니, 어쩌면 그 이상의 무언가도 될 수 있음이었다. 이 권능에 한계를 둬선 안 된다.

나는 새로운 발견에 전율하고 있었다. 놀 워리어에게 손을 뻗자 녀석이 내 손에 얼굴을 비볐다.

"이게 어떻게 된 일이죠?"

시리아. 그녀 역시 놀의 진화를 지켜봤다. 각성한 지 얼마 안 되어서 그저 이상해할 뿐이었다. 그녀가 성녀였던 시절 이런 일이 일어났다면 세계가 발칵 뒤집혔을 것이다.

"갑자기 안 귀여워져서 실망했나?"

"그, 그런 게 아니에요. 갑자기 놀이…… 아직 아무런 클래스도 얻지 못했잖아요?"

"클래스가 없어도 스킬을 쓸 수 있다."

"당신, 그분이 각성시킨 사람 아니었나요?"

시리아는 의심의 눈초리를 보냈다. 지난 이틀간 내가 보여준 모습은 결코 '초보자'의 태가 아니었기 때문이다. 오히려 그들 넷보다 더욱 능수능란하게 문 너머를 탐험하고 있었다.

슬슬 때가 무르익었다. 나는 그녀의 눈을 진지하게 쳐다보며 말했다.

"너에게도 누군가의 목소리가 들리는 것처럼, 내게도 목소리가 들린다. 그 목소린 내게 정답을 알려주지."

"……!"

시리아가 멈칫했다. 눈을 동그랗게 뜨며 믿기지 않는다는 듯 나를 바라보고 있었다.

그녀는 어려서부터 누군가의 목소리가 들렸다고 했다. 이는 그녀의 천재적인 '재능' 때문이었다.

성녀라고 불렸지만 아이러니하게도 그녀는 '정령'을 다루는 데 능수능란하였다.

특히 빛의 정령을. 정령 중에서도 특수한 정령과의 친화력을 태어나서부터 가지고 있었기에 그들의 목소리를 들을 수 있었던 것이다.

1/100,000,000. 이는 470의 잠재력과 맞먹는 가능성이었다. 괜히 성녀라고 불렸던 게 아니다.

내게 들리는 목소리란 당연히 미래의 '나'가 기억하는 정보였고.

"당신에게도…… 목소리가 들리나요?"

"당신이 아니라 한성이라 불러줬으면 좋겠군."

"한성, 그들의 목소리가 들리나요?"

시리아는 심각했다. 그럴 만도 했다. 어려서부터 그녀는 이 '목소리' 때문에 온갖 모진 일을 당했다. 결국에는 들리지 않는다고 연기를 하는 것으로 스스로를 지키고 있었다.

동지를 만난 느낌이겠지. 가짜 퇴마사들과는 다르다. 누군가가 부탁하지 않았음에도 나는 알아봤다.

동시에 자신의 비밀을 들킨 것에 위협도 느끼고 있을 것이다. 그것을 알기에 고개를 끄덕이며 입을 열었다.

"내 비밀을 지켜준다면, 너의 비밀도 지켜주마."

"지킬게요. 그러니…… 알려주세요. 그들은 대체 누구죠?"

"나쁜 놈들은 아니지. 그건 너도 알 텐데?"

"처음에는."

시리아가 한 발자국 과감하게 다가왔다.

이내 내 바로 앞에서 나를 정면으로 바라보며 말했다.

"처음에는 귀신인 줄 알았어요. 그다음에는 수호신인 줄 알았죠. 하지만 이제는 모르겠어요. 그들은 항상 내게 말을 걸어요. 당신에 대해서도 말했죠. 조심하라고. 다가가지 말라고. 당신…… 아주 무섭고 위험한 존재라고."

나는 피식 웃고 말았다.

빛의 정령들이 그런 소리를 했나?

요르문간드가 나를 본 것처럼, 빛의 정령들도 내 안의 어둠인 '데몬로드'에 대해 파악한 것인지도 모르겠다.

여태껏 조용히 나를 따라왔던 것도 저러한 정령들의 충고 탓이었을지.

하지만 안타깝게도 나는 정령에 대한 친화력이 전무했다. 애당초 정령사는 천부적인 재능이 없으면 얻을 수 없는 클래스다. 천지인의 권능을 얻었지만 여전히 정령의 목소리는 내게 닿지 않았다.

그래도 그녀를 도울 방법은 알고 있었다.

'시리아는 믿을 수 있지.'

약속이나 신뢰에 관한 것이라면 그녀는 내가 가장 믿을 수 있는 사람 중에 하나다. 단순히 연인 관계여서가 아니라, '사람' 자체에 관한 이야기였다.

그녀의 표정은 심각했다. 제발 내가 정답을 알려주길 간절히 바라고 있었다. 그러한 간절함은 내게 또 다른 것들을 보여주었다.

파노라마처럼, 머릿속으로 영상이 스쳐 지나간다.

'관리자의 힘.'

바로 상대의 과거를 볼 수 있는 그 힘이 육신을 얻은 지금 또다시 발동한 것이다.

"가문의 수치다. 귀신 썬 아이를 세상에 내보낼 순 없다. 평생 지하에 가둬라!"

"아아악! 이 망나니 같은 남자! 그래도 당신 딸이라고요!"

"우수한 품종이라고 믿었거늘! 귀신 쓰인 년을 낳은 너도 죄다! 감히, 감히!"

"시리아, 내 딸. 엄마는 너를 누구보다 사랑한다. 부디 그곳에선 행복하게 살아가렴. 가문 따윈 잊고…… 집사 로이스가 함께할 거란다."

"아가씨, 아가씨와 같은 힘을 가진 자가 편지를 보내왔습니다. 김민식이라는 자입니다. 답장을 보내시겠습니까?"

이야기로 들었던 것보다 더욱 처참한 광경이었다. 나는 잠시 비틀대며 머리를 부여잡았다.

'가문이 뭐라고.'

그녀는 자신이 강해지길 원했다. 그리하여 '수치'에서 벗어나길 원했다. 모두 어머니를 구하기 위한 발악이었다.

하지만 나는 안다. 결국 가문은 몰락한다. 괴물의 출현,

새로운 군부의 부상, 그 혼돈의 틈에서 시리아의 가문은 버티지 못한다.

내가 그녀의 미래를 바꿔도 될까?

'그녀는 행복할 권리가 있다.'

그녀의 불행을 뻔히 아는데도 지켜보고만 싶지는 않았다.

미래에 성녀라고 불리며 추앙받지만, 그녀는 평생 마음에 짐을 안고 살아갔다.

적어도…… 인류와 나에 대한 그녀의 헌신을 생각하면, 그녀는 행복하게 살 권리가 있었다.

"그들을 원망하는가?"

"처음엔…… 했어요. 하지만 이제는 아니에요. 그들에게 악의가 없다는 걸 알게 된 이상."

"그들과 대화를 하고 싶은가?"

끄덕!

시리아가 열렬하게 고개를 끄덕였다.

여태까진 일방적이었다. 그저 듣는 것만 가능했다.

모든 일의 원인. 원망하는 상태라면 힘들 수도 있다. 하지만 원한을 잊었다면 대화가 가능할 것이다.

나는 품에서 최하급 루비를 꺼냈다.

그리고 모래 바닥에 육망성을 그려 넣었다. 이후 룬 문자로 '정령 계약'에 관한 문자들을 적었다.

"너의 피 한 방울을 이 루비에 묻혀라."

시리아가 허벅지에서 단검 하나를 꺼냈다. 숨겨놓은 마지막 무기를 스스럼없이 드러낸 것이다. 나에 대한 경계가 어느 정도 허물어졌음을 보여주는 물건이었다.

그녀는 자신의 손가락을 살짝 벤 뒤 흐르는 피를 루비에 묻혔다.

스아아아아아!

동시에 마법진이 빛을 일으켰다. 반응하는 정령이 있다는 의미다. 내 피였다면 아무런 반응도 일어나지 않았을 것이다. 내겐 정령의 목소리가 들리지 않으므로.

"아……!"

곧 그녀가 주변을 두리번거리며 환호성을 내질렀다.

나에겐 보이지 않는다. 그저 주변이 조금 밝아진 정도였다.

하지만 지금 그녀는 빛의 정령을 보고 있었다. 그 숫자가 상당히 많은 모양이었다.

나도 조금 놀랐다. 주변 환경에 영향을 끼칠 정도로 많은 숫자라니!

아직 그녀가 순수하기 때문일까?

"너희들이 그동안 나를 부른 거니?"

시리아가 이야기를 시작했다. 그녀의 눈에 눈물이 맺혔다.

나는 조용히 고개를 돌렸다.

이윽고 그녀가 엉엉 울었다.

그러더니 잠시 시간이 지나자 웃고 떠들며 이내 즐거워했다.

'보기 좋군.'

나도 미소 지었다. 그녀의 저런 환한 미소를 마지막으로 본 게 언제였더라?

연인 관계일 때도 그녀가 웃는 모습을 거의 본 적이 없었다.

저 미소에 비하면 최하급 루비 정도는 싸다.

한 시간가량이 지나자 빛이 줄어들었다.

그녀가 안타까운 표정을 짓더니 나를 바라봤다.

"가, 갑자기 사라졌어요."

"너의 마력이 다했기 때문이지."

"다시 부를 수 있나요?"

"후에 네가 원한다면. 그들의 이름을 들었나?"

"예. 아리사, 마람, 구스……."

"그만. 계약한 정령의 이름은 너만 알고 있어야 한다. 반드시."

작게 한숨을 내쉬었다. 정령은 실체가 없으나 '이름'을 공유하면 힘을 얻는다. 하지만 그 이름을 아는 자에겐 공격을 가할 수 없었다.

내가 나쁜 마음을 먹어도 그녀의 정령은 내게 아무런 타격도 주지 못한다는 뜻이다.

"알겠…… 어요."

"알았으면 됐다."

"고마워요."

"말로는 나도 백번은 고맙다고 할 수 있지."

시리아가 고민했다. 그러더니 결심한 듯 내게로 다가와 얼굴을 들이밀었다.

뽀뽀라도 해주려는 건가?

"은사. 은사라고 불러도 될까요?"

내 양손을 붙잡곤 말했다.

아, 맞다.

그녀는 연애에 관해선 완전히 무지했다. 남녀 관계는 관심 분야가 아니었으니까.

"그냥 이름으로 불러주면 좋겠는데."

"은사께서, 아니, 한성 님께서 원하신다면 그러죠. 원하는 게 있으면 무엇이든 말씀해 주세요. 뭐든지 해드릴게요."

평생 자신을 답답하게 했던 비밀이 풀려서 후련해진 것 같았다.

그 문제를 내가 순식간에 해결해 주리라곤 상상도 못 하고 있었겠지.

하지만 이런 건 내게 숨 쉬는 것처럼 간단한 일이다.

저 말을 다른 남자에게 했다면 부탁할 건 정해져 있었다.

그러나 나는 시리아가 그런 뜻으로 말한 게 아니라는 걸 안다.

['지배자(9Lv)'가 발동했습니다.]

[그녀의 상태가 '불신, 경계'에서 '믿음, 고마움'으로 변화했습니다. 지금이라면 50%의 가치인 '15,000pt'로 그녀를 지배할 수 있습

니다.]

　[상대의 상태에 따라 포인트를 들이지 않고도 지배가 가능하게 될 수 있습니다. 사용자를 완전하게 신뢰하고 맹목적으로 따르게 한다면 자연스럽게 지배자의 권능이 발동할 것입니다.]

　'음?'

　이런 기능도 있었나?

　물론 포인트가 부족했다.

　하지만 또 다른 방법이 있었다.

　라이라 디아블로는 가치가 산정됐음에도 굳이 지배할 필요가 없었다. 그녀가 우리엘 디아블로를 무조건적으로 믿고 따랐기 때문이다. 그리하여 자동으로 '지배' 상태에 들어갔다.

　마찬가지로, 시리아도 그게 가능할 수 있다는 뜻이었다.

　어쩌면 시리아만이 아닌 다른 어떠한 존재일지라도!

　그렇다고 아예 문제가 없는 건 아니었다.

　'그녀가 나를 다시 사랑하게 된다면……'

　과거 우리는 짧은 연인 관계를 유지했다. 그러나 나로선 그녀의 어둠을 치료해 줄 수 없었다. 이미 망해 버린 가문의 그림자에 시리아는 너무나도 많은 정신을 쏟아붓고 있었기 때문이다.

　그때의 나 역시도 속이 썩어 문드러진 상태였다.

　최후의 영웅, 유일한 희망. 그딴 미사여구가 나를 조여왔다. 정해진 절망을 향해 달려가고 있음에도 나는 가짜의 행세를 해야 했다.

그 결과 우리는 서로에게 상처만을 줬다.

서로를 보듬어 주지 못했다. 그러기엔 여유가 없었으니까.

지금이라면, 다를지도 모른다.

하지만…… 강제할 순 없다. 5년 뒤 알 아락사르가 출현한다. 이는 나로 인해 벌어진 재앙이었지만, 그 이전에도 문제가 없지는 않았다.

앞으로도 굵직굵직한 사건은 계속 일어날 것이다.

사랑을 싹틔우고 결말을 맺기까지 과연 기다려 줄 수 있을 것인지. 하물며 그 끝이 '완벽한 지배'라는 건 어불성설이었다.

'사랑은 무슨.'

나는 고개를 내저었다. 지금의 관계만으로도 충분하다.

내 운명엔 해결해야 할 일들이 너무나 많았다.

아직 데몬로드와 요르문간드에 대한 파악조차 제대로 되지 않았다. 하물며 앞으로 일어날 일 중에는 나조차 승산이 있을지 장담할 수 없는 일도 많았다.

기다려 달라고, 기도해 달라고, 그런 무책임한 말을 떠넘길 수는 없었다.

'6개월 뒤, 세계 곳곳에 싱크홀이 나타난다.'

가장 급한 건 바로 이것이었다.

앞으로 6개월 뒤에 있을 변화의 전조!

수많은 인명 사고가 발생하고 세계적으로 떠들썩해지는 일이지만, 정확한 원인은 누구도 규명하지 못했다.

나중에야 싱크홀 깊숙한 곳에 모종의 '시련'이 생성되었다는 이야기가 돌았다. 싱크홀들이 서로 연결되며 세계 각지에서 사람들이 모여드는 것이다.

그리고…… 그들이 도착한 곳은 거대한 투기장이고 도서관이었다.

어떠한 존재의 주도하에 벌어진 일인지는 알려지지 않았지만 '초월적인 존재'의 개입이 있었음이 확인되었다.

그곳에 도달한 사람들은 모두 각성했으며, 그중 극소수는 굉장한 능력과 클래스, 장비 등을 얻었다.

하지만 동시에 굉장히 많은 사람이 죽었다.

'비밀 조약 때문에 늦게 알려진 사실이지.'

그곳을 나온 사람들이 입을 다물 수밖에 없었던 이유.

초월적인 존재의 개입과 그가 건 금제 때문이었다.

정작 나중에도 그 존재가 누구인지, 한 명인지 다수인지조차 밝혀지지 않았다.

그중에는 영웅이라 칭해지는 사람들도 있었으나 그들에게까지 영향력을 계속해서 행사한 걸 보면 심상치 않은 일임에는 분명했다.

나는 가서…… 진상을 파악해야 한다.

그들이 아군인지, 적군인지, 혹은 또 다른 누군가인지.

얻어야 할 것도 있었다.

'7대 주선. 그중 인내를 얻어야 한다.'

7대 죄악과 반대 개념으로 사용되는 언어가 7대 주선이었다.

순결, 절제, 자애, 근면, 인내, 친절, 겸손!

그중 하나인 '인내'를 그곳에서 구할 수 있었다.

불굴의 영웅 그락시오. 그가 거기서 그것을 봤다고 했다.

아무도 얻지는 못했지만 분명히 그 자리에 인내가 있었다고.

7대 주선 중 세상의 표면에 나타난 건 몇 개 없지만, 그것들은 하나같이 '이적'을 발휘했다. 모두 모으면 모든 악을 제거할 수 있다는 소문마저 돌 정도로 강력하기 짝이 없는 장비들.

인내 역시 그럴 것이다.

"한성 님?"

내가 가만히 입을 닫고 있자 시리아가 조심스럽게 말을 건넸다.

"님은 빼라."

"그럴 순 없어요."

그녀가 고집을 부렸다. 나는 시리아의 고집이 얼마나 질긴지도 안다. 내게 고마움을 표하는 거로 나를 높이고 싶은 모양이었다.

"그럼 적어도 다른 사람이 있을 땐 그냥 이름으로 불러라."

"예."

시리아가 대답을 하곤 잠시 머뭇거렸다.

하지만 이내 입을 닫곤 한 발자국 물러났다.

그녀가 무엇을 묻고 싶었는지, 대략은 알 것 같았다.

'나와 민식이의 관계.'

그녀가 한국으로 온 건 며칠이 채 되지 않았다. 그 시간 동안 '동료애' 같은 게 싹틀 리도 없었다. 다만 나와 민식이의 관계에 대해선 궁금증이 생겼을 것이다.

그럼에도 묻지 않은 건 말하지 못할 사정이 있으리라 여기는 것이었다. 그녀 본인처럼. 나를 만나기 전까진 정령의 목소리가 들리지 않는 척 연기하며 살아오지 않았던가.

그러니…… 내가 굳이 말하지 않아도, 그녀는 알아서 잘 대처할 터였다.

'쉽게 죽을 녀석은 아니지.'

민식의 다시 돌아가 영웅이 되겠다는 집착은 나조차 혀를 내두를 정도였다.

고작 이런 곳에서 죽고자 돌아온 건 아닐 테니 나는 마음을 편하게 가졌다. 무엇보다 마검사의 능력이면 이러한 위험쯤은 벗어날 수 있을 것이었으므로.

지금은 그것보다, 놀 치프를 지배하고 사냥하는 게 더 급했다.

시리아는 시선을 옮겼다.

고작 삼 일을 사냥한 것으로 17마리의 놀이 모두 놀 워리 어로 진화했다.

그러자 사냥에 더욱 탄력이 붙기 시작했다.

동시에 오한성, 그도 움직이기 시작했다.

'정말 사람이 맞는 걸까?'

시리아는 의문을 가질 수밖에 없었다.

한성의 움직임은 자신이 겪었던 중국인 남매와 민식보다 더 뛰어났다. 시리아가 본 가장 강한 사람들보다 더욱 빠르고 강력하게 놀들을 깨부수는 중이었다.

"돌로 만든 검도 제법 쓸 만하군."

가장 놀라웠던 건 고작 몇 시간 만에 돌을 갈아서 검을 만들었다는 것이다. 일견 조잡해 보이나 균형미가 갖춰진 검이었다. 저것으로 벌써 수십의 놀을 도륙했다.

놀라운 검술이었다. 러시아 군부의 사람 중에서도 저렇게 검을 쓰는 사람은 본 적이 없었다. 철저한 실전 검술, 방어를 도외시한 미친 검격. 그러나 놀랍도록 정교하여 조잡한 돌검이 부서지지 않고 버텼다.

"놀 치프의 영역 중심으로 들어간다. 잘 따라오도록."

그는 쉬지 않았다. 모든 정비를 끝내고 원래 목표했던 적을 죽이고자 움직이기 시작했다.

'사람이 아닐지도 몰라.'

'문'을 발견하고 각성하며 계속해서 신기한 일들을 접하고 있었다.

지구의 생명체가 아닌 존재들. 거기다가 시리아는 '빛의 정령'까지 접했다.

한성에 의해서 가능해진 것이다.

이런 능력을 한꺼번에 지닌, 사람 같지 않은 사람. 그게 한성이었다.

시리아는 빛의 정령을 소환해 보았다.

마람. 가장 크고 강력한 정령의 이름.

"한성 님을 도와주렴."

절레절레!

그런데 이상한 일이었다.

빛의 정령인 마람이 고개를 저었다. 마람에게서 공포가 묻어났다.

왜일까? 가장 강한 정령임에도 다른 정령들처럼 한성에겐 다가가지 못하고 있었다.

그가 정말 '위험한 존재'이기 때문에?

"이유를 말해주지 않을래?"

─무서워! 그는 정말 무서운 존재야!

'그렇게 무섭지는 않은데.'

무섭다는 게 이유의 전부다. 더 자세하게는 알려주지 않았다.

하지만 시리아는 한성이 무섭지 않았다.

오히려 그는 상냥했다. 이러한 따스함을 시리아는 거의 느껴본 적이 없었다.

그가 자신의 문제를 해결해 줘서만은 아니다.

처음 봤을 때부터 그의 눈빛은 묘한 따스함을 담고 있었다.

자신을 바라보는 그 눈빛은…… 분명히 자애로웠으니.

그녀는 사람의 감정에 민감하게 반응한다. 어려서부터 그러한 환경에서 자랐다. 하여 처음에는 혼란했다.

자신의 어머니 외에 그런 눈빛을 자신에게 준 건 그가 처음이었다.

게다가 그는 정말 순수한 의도로 자신을 돕고 있었다.

그 도움에 무엇이라도 보답을 하고 싶었다.

─뭔가가 왔어. 아주 불길한 존재야. 조심해.

마람이 말했다. 불길한 존재? 한성 님을 말하는 걸까?

하지만 아니었다. 마람은 분명히 다른 곳을 바라보고 있었다.

꽤 먼 장소였다. 육안으로 거의 확인이 힘들 정도로.

그곳에 흑색 로브를 뒤집어쓴 늙은 놀이 있었다.

늙은 놀은 다른 놀들과 다르게 지팡이를 쥔 상태였다.

그 상태로 주문을 외우며 지팡이를 한 차례 휘두르자 검은색 불꽃이 떠오르며 한성을 향해 날아가기 시작했다.

"위험해요!!"

시리아는 본능적으로 달렸다.

하지만 검은 불꽃이 도달하는 속도가 더 빨랐다.

한성은 놀들을 상대하느라 미처 신경을 쓰지 못하고 있는 것 같았다.

콰아앙!

"아!"
시리아의 탄식 소리가 들렸다.
하지만 그뿐이었다. 귀가 멍멍했다. 나는 바닥을 굴렀다.
"쿨럭!"
피를 토해냈다.
빌어먹을! 지능이 낮다 보니 마력에 대한 감지가 늦었다.
깨달았을 땐 이미 검은 불꽃이 나를 덮친 뒤였다.

['거미줄의 저주'에 걸렸습니다.]
[강력한 저주입니다. 모든 치유의 효과가 지연됩니다.]

"놀 샤먼……!"
"괘, 괜찮으세요? 움직이지 마세요. 지금 당장 치료를!"
시리아의 손을 타고 새하얀 빛이 쏟아졌다. 빛의 정령과
함께하자 치료의 힘이 두 배로 증가했다.
"대체 왜, 왜 치료가……."
"소용없다."
마력 낭비다.
내 전신에 거미줄처럼 퍼진 검은색 그을음들. 상처의 치유
를 방해하고 성스러운 힘이 통하지 않도록 하는 저주였다.
시리아는 아직 저주를 해소할 만한 능력이 없었다.

내가 고개를 젓자 시리아의 눈이 걱정으로 물들었다.

이어 나는 검은 불꽃이 날아온 장소를 바라봤다.

놀 샤먼! 설마 이런 장소에 득도한 녀석이 있을 줄이야.

놈은 수많은 놀과 놀 치프마저 대동하고 있었다.

그런 줄도 모르고 영역의 중심에 들어섰으니 사자의 입안에 스스로 머리를 들이민 꼴이다.

나는 인상을 찌푸렸다.

'저놈이 원흉이었군.'

놀들의 습격, 놀 치프의 이상한 움직임.

어쩐지 일반적인 놀치곤 너무 똑똑하다고 했다.

'하필이면 놀 샤먼이라니.'

놀 샤먼은 깨달음을 얻은 존재다. 극악의 확률로 나타나는 유니크한 괴물.

일반적으로 이런 장소에 있을 녀석은 결코 아니었다.

놈이 있을 줄 알았다면 놀 치프의 영역에 들어오지도 않았을 것이다.

이변이었다. 모든 걸 파악하고 움직이자 했지만 이러한 변수까지 읽어내진 못했다.

당연히 지금의 나로선 대적하기 힘든 적이었다.

하물며 주변에 있는 놀들도 뿌리치기 쉽지 않았다.

내장이 저릿했다. 이기는 게 불가능하다면 피해야 한다. 그런데 도망칠 수 있을지.

냉정하게 생각했다.

'둘 중 하나만 살아 갈 수 있다.'

시리아와 나, 둘 다 도망치는 건 힘들다.

누군가는 희생해야 한 명은 살 수 있었다.

나는 부상을 당했고, 시리아는 걸음이 느렸다.

먼 미래를 위해선 당연히 내가 살아야 한다. 그렇다고 시리아를 희생시키는 게 옳은 선택일까?

이성과 감성이 치열하게 부딪혔다.

어떻게 해야 하지? 어떻게 해야 이 상황을 역전할 수 있지?

'지배자.'

나는 놀 치프를 지배하고자 했다. 놀 샤먼은 지금 가진 포인트로는 구매가 되지 않았다. 녀석은 6Lv의 괴물이다. 10,000의 포인트가 있어야 지배가 가능했다.

['놀 치프'의 지배가 불가합니다. '놀 샤먼'에 의해 조종당하고 있습니다.]

제기랄!

누군가에게 지배당하고 있는 상황에선 지배가 안 되는 건가?

두 눈동자가 마구 흔들렸다. 나는 이를 갈았다.

그 순간이었다.

나는 홀린 듯이 심장 쪽에 위치한 은빛의 뱀을 쥐었다.

거의 본능적인 움직임이었다.

'어쩌면.'

요르문간드. 이 녀석이라면, 다른 건 몰라도 내게 걸린 '저주'도 먹어치울 수 있을 터였다. 빛의 정령도 두려워하는 나의 정기를 빼먹는 녀석이었으니!

불가능하리라 생각하진 않았다. 그리고 요르문간드의 존재에 대해 인지한 순간 내 이해의 저변이 넓어졌다. 불현듯 찾아온 깨달음. 나는 입을 열었다.

"먹어치워라."

스으으윽!

동시에, 뱀이 입을 벌리고 움직였다. 내 전신을 돌며 그을음을 먹어치웠다.

이윽고 모든 그을음이 사라지자 또 다른 현상이 나타났다.

['요르문간드' 와 계약한 사용자는 '모든 밤의 저주' 로부터 면역을 가집니다.]

['요르문간드' 가 '거미줄의 저주' 를 먹어치웠습니다.]

['요르문간드' 의 레벨이 1→2로 상승합니다.]

['요르문간드' 가 현상 변화를 시작합니다.]

현상 변화!

은색의 뱀이 내 신체에서 떨어지더니, 몸을 부풀리며 변화를 일으키기 시작했다.

이어서 검은색 빛이 뭉치고 흩어지길 반복하더니 한 여인의 형상을 만들었다.

보랏빛의 머리칼, 뱀과 같은 차가운 눈동자, 고혹적인 입술과 위풍당당한 자태.

나는 나신의 저 여인을 분명히 본 적이 있었다.

'꿈속에서만 존재하는 게 아니었던가?'

수십 번, 횟수로만 따지면 그 이상 나는 그녀와 귀접했다. 그것만 보면 외로운 남성의 밤을 책임져 주는 이상한 물건으로 보이겠지만, 그럼에도 나는 허상이 가진 그 고고한 '격'에 대해서 의문을 가진 적이 없었다.

그런데 그녀가 현실로 동화되었다.

폭발적인 아름다움이었다. 꿈에서 볼 때와 현실에서 볼 때의 느낌이 전혀 달랐다. 쉽게 범접할 수 없는 분위기가 있었다. 손을 대는 순간 빨려 들어가 영원히 헤어 나오지 못할 블랙홀과 같았다.

"드디어 모습을 갖출 수 있게 되었군."

요르문간드의 여유롭게 웃으며 내게 눈을 돌렸다.

꿈틀!

그 순간 정신이 고양되었다. 피가 요동친다. 세계가 크게 흔들렸다. 천지가 개벽하는 게 이런 느낌일까?

마력이 증폭되고 폭주해 간다. 전신이 찢어질 것만 같았다.

"후후! 짐이 주입한 '피'가 각성하기 시작했을 것이다. 인내하여라. 그조차 못 한다면 너는 내 옆에 설 자격이 없다."

피?

불현듯 첫날 내 침대를 적셨던 피의 흔적을 떠올렸다.

집으로 돌아오는 길엔 의식이 없었다. 당연히 '피'의 주인을 알지 못했다. 하지만 지금 내 몸에 요동치는 이 피들이 요르문간드의 것이라면, 침대를 적신 피는 내 몸에 있던 나의 피였다는 뜻이다.

요르문간드가 내게 다가왔다. 그러고는 내 뺨을 쓸었다.

"본래 짐은 누군가를 도와주지 않는다. 하지만 오늘은 매우 기분이 좋도다. 억겁의 시간을 넘어 겨우 현현하였으니!"

나는 이를 악물었다. 요르문간드의 출현을 예상하진 못했지만 적어도 그녀가 나타난 건 호재였다. 놀 샤먼마저도 그녀가 갖춘 '격'의 다름을 알아보고 쉽사리 움직이지 못하는 중이었다.

아니, 놀 샤먼뿐만이 아니다.

이 공간에 있는 모든 이가 마치 석상처럼 굳어버린 듯 움직이지 못했다.

"하나 지금 짐의 몸은 과거와 분명히 다르도다. 툭 치면 부러질 듯이 약한 신체이지. 그러니 짐이 너를 돕는 건 어디까지나 '등가교환'이니라."

"내게…… 바라는 게 있다는 소리로군."

지금도 몸이 산산조각이 날 것처럼 고통스러웠지만 나는 이를 꼭 다물고 말했다. 여기서 쓰러지면 요르문간드는 미련 없이 뒤돌아설 것이다. 그런 느낌이 강하게 들었다.

그녀는 홀로 존재하는 뱀이었다. 오롯이 세계를 감싼 무소

불위의 존재. 그녀가 누군가를 돕겠다고 나서는 것 자체가 말도 안 되는 일이다. 그나마 내가 아주 작은 '자격'을 갖췄기에 마치 재밌는 장난감을 발견한 듯 손을 내밀고 있을 뿐이었다.

요르문간드가 웃었다. 그녀의 미모는 확실히 이 세상의 것이 아닌 듯이 아름다웠다. 하지만 그 웃음은 너무나도 차가웠다.

"너의 가능성. 나는 그것을 먹고 자란다."

[10의 잠재력을 사용하여 '요르문간드'의 힘을 빌릴 수 있습니다.]

잠재력은 가능성이다. 내가 가진 그릇의 크기. 이 크기는 거의 변동하지 않으며, 천고의 영약을 밥 먹듯 섭취해야 조금씩 올라가곤 한다.

내 잠재력은 456. 하지만 먼 미래를 내다보면 어지간해선 교환해선 안 되는 가치였다.

요르문간드는 그것을 요구하고 있었다.

여기서 거절하면 그녀는 다시 원래의 형상으로 돌아갈 것이다.

하지만 내게는 강력한 '정보'라는 최강의 무기가 있었다.

이를 활용하면 잃어버린 잠재력쯤은 다시 채울 수 있다. 잠시 떠올리는 것만으로도 수십 개의 방법이 머릿속을 스쳐 지나갈 정도였다.

"좋다. 거래하지."

고개를 끄덕였다.

10의 잠재력이 아깝다고 목숨을 버릴 순 없었다.

지금은 그보다 이 위기를 타파할 방법이 필요했다.

흡!

내가 고개를 끄덕임과 동시에 요르문간드가 웃으며 강제로 입을 맞췄다.

뱀과 같은 혓바닥이 길게 늘어나 입안을 휘저었다. 마치 뇌에까지 닿을 것만 같았다.

그리고…….

['요르문간드'에 의한 '강제 각성'이 시작됩니다.]

 -강제 각성 시 모든 능력치가 (60+6 × Lv=72)가 됩니다.

 -30분의 지속 시간 동안 천천히 능력치가 감소합니다.

 -지속 시간이 끝나면 10의 잠재력을 영구히 잃고, '강제 수면' 상태에 돌입하게 됩니다.

 -천지인의 권능으로 말미암아 '냉혈(1Lv)'의 힘을 깨우쳤습니다.

전신에서 힘이 흘러넘치기 시작했다. 세상의 흐름이 달라지고 보이는 것 역시 변화를 일으켰다. 모든 능력치가 72가 되자 마치 전성기로 돌아간 것만 같은 활기를 띠었다.

물론 나의 최후에는 한참 못 미치지만 이 정도만 해도 대단한 것이었다.

'허.'

무엇보다 레벨 곱하기 6의 특성이 붙었다는 건 요르문간드의 레벨이 10에 달하면 모든 능력치를 120까지 올리는 것도 가능하다는 이야기다.

이는 정말 엄청난 일이었다. 총합 600의 능력치는 데몬로드조차 압도하는 수치였으니! 저 정도면 정말로 반신이라 할 수 있을 것이었다.

요르문간드가 입을 떼고 이어서 말했다.

"갑자기 얻은 힘에 적응하기 어려울 것이다. 시간 내에 저추한 것들을 정리하지 못하겠다면 도망치는 것도……."

쿵!

바닥을 박찼다.

내 몸이 높게 떠오르며 놀들의 중심부로 떨어졌다.

'주어진 시간은 30분.'

할 수 있다. 능력치 총합 350. 이는 7Lv에 달하는 힘이다. 단순 수치로는 놀 샤먼을 압도하지만 내겐 30분이라는 시간의 제약이 있었다. 게다가 시간이 지날수록 힘도 약해진다.

그러니 요르문간드의 말을 듣고 있을 그 잠시조차 아까웠다.

냉혈(1Lv)은 내 정신을 보다 차갑게 만들어줬다. 천지인의 권능. 모든 종류의 힘을 받아들이고 내 것으로 만들 수 있는 힘!

퍼억!

놀의 머리를 내려쳤다. 72의 힘이면 맨손으로 바위도 부술 수 있다. 나는 이미 한 차례 그 과정을 건너왔기에 누구보다 잘 안다. 요르문간드의 예상과 달리, 갑자기 얻은 힘이라고 할지라도 나는 벌써부터 '적응'을 끝냈다.

놀의 머리뼈가 부서지며 뇌수가 사방으로 튀었다. 하지만 놀에게서 튄 피는 순식간에 식어서 내 손으로 모여들었다. 냉혈의 또 다른 사용법이었다. 단순히 정신적인 무장만을 의미하지는 않은 듯했다.

〈냉혈(1Lv)〉

-정신이상에 미약한 저항을 가집니다.

-시체로부터 피를 끌어들여 사용자의 의지에 따라 형상화할 수 있습니다. 지속 시간과 사용 가능한 피의 양은 스킬의 레벨과 지능에 비례하며, 형상화된 피의 강도나 파괴력은 스킬의 레벨과 마력에 비례합니다.

'냉혈…… 나쁘지 않군.'

나쁘지 않은 정도가 아니라 굉장히 좋은 스킬이었다.

전장에서 무한한 활용도를 지니고 있었다.

잠재력 10을 사용해 이 스킬을 얻는대도 고개를 끄덕일 수 있을 것 같았다.

특히 장비가 없는 지금과 같은 때엔 더더욱 빛을 발했다.

나는 몇 마리의 놀을 주먹으로 더 으깼다. 오랜만에 닿는

촉감이 무척이나 훌륭했다. 살을 비틀고 뼈와 내장을 박살 내는 느낌이 주먹을 타고 그대로 전해졌다.

회귀한 후 물먹은 솜처럼 답답하던 신체가 마음대로 움직이고 있었다.

하여, 가장 먼저 내가 만든 건 건틀렛이었다. 검보단 주먹이 더욱 감도가 좋았다. 이후 투구와 갑옷을 만들었다. 붉은색 피가 그물처럼 물결치며 내 전신을 감쌌다.

그야말로 혈인(血人)이었다. 피로 무장한 기사가 이러할까.

"아라타…… 아라타움!"

놀 샤먼이 지팡이를 휘둘렀다. 주술의 불꽃이 사방으로 퍼져 나가며 나를 향해 쇄도했다.

나는 방패를 만들었다. 쿵! 소리와 함께 피의 방패가 불꽃을 막고는 증발했다.

너무 멀다.

놀 샤먼은 놀들의 비호를 받고 있었다. 그 숫자가 천에 달한다. 단시간 내에 다가가서 타격을 주는 건 무리였다. 다시금 도약하면 근접은 할 수 있을지 모르지만 저 불꽃을 모두 막아내긴 힘들 것이다.

'창.'

그래서 나는 창을 만들었다. 오로지 꿰뚫는 것을 목적으로 한 창 한 자루. 그것을 만든 즉시 놀 샤먼을 향해 던졌다. 투창이었다.

퍼억!

하지만 막혔다. 놀 치프가 막아섰다. 나는 작게 혀를 찼다. 회심의 일격이 막혔으니 이제 그에 따른 방비를 할 것이다. 이런 기습이 다시 통하리라 생각하긴 어려웠다.

'사슬.'

나는 사냥한 놀의 피를 꼬고 꼬아서 기다란 사슬을 만들었다.

사슬을 양손으로 쥐곤 강한 힘으로 바닥을 쓸었다.

크기가 작은 놀들은 순식간에 중심을 잃고 쓰러졌다.

쾅!

이어 사슬을 채찍처럼 바닥에 찍어 내렸다. 바닥에 홈이 크게 생기고 그 자리에 있던 놀들이 형체도 알아볼 수 없이 뭉개졌다.

하지만 피로 만든 사슬도 그 힘을 이겨내지 못한 채 소멸했다. 고작 1Lv의 스킬로 만든 형상이니 내구성은 형편없었다.

그러나 주변에 놀은 많았다. 피도 많았다. 적어도 30분간 나는 무한히 무기를 만들어낼 수 있었다.

크르아아아앙!

놀 치프가 괴성을 내지르며 달려들었다.

놀 샤먼을 지키던 최종 방패. 녀석만 뚫으면 놀 샤먼까진 금방이다.

'검.'

나는 마지막으로 검을 형상화했다.

모든 무기를 다룰 줄 알았지만 그중 제일 잘 다루는 게 검이었다.

하지만 검을 처음부터 사용하지 않은 이유는 내 '검법'과 연관이 있었다.

'탈혼무정검(奪魂無情劍).'

오로지 공격만을 위해 존재하는 검법.

저자가 누구인지는 모른다. 스스로를 '나찰'이라고 소개한 노인이 죽어가기 직전 내게 남긴 검법서였으니까. 하지만 이 검법서로 인해서 내 검술 실력은 일취월장했다.

또한 수십 년간 익히고 쌓아왔기 때문에 나는 검만 쥐어도 자연스럽게 탈혼무정검의 흉내를 내게 되었다. 공격 일변도. 체력을 무한정 소모하며 그저 나아간다.

그렇기 때문에 오랜 시간 검을 휘두를 수가 없었다.

진짜 천재들을 따라잡고자 이것만을 미친 듯이 익혔다. 다른 방식으로 검을 다루면 내 몸이 아닌 듯, 내 검이 아닌 듯 어색하기만 했다. 그래서 나는 검을 쥐는 게 조심스러웠다. 반드시 이겨야 할 때만, 나는 검을 쥐었다.

'지금이라면.'

단순한 흉내가 아닌 제대로 된 탈혼무정검을 펼칠 수 있을 것이다.

숨을 크게 들이쉬고 놀 치프를 향해 발을 내디뎠다.

거대한 덩치에 걸맞게 놈은 내가 던진 창을 맞고도 끄떡도 하지 않았다.

하지만 내 눈을 보는 순간 녀석은 움찔했다.

'6성까지 가능하다.'

하지만 나조차도 탈혼무정검의 극의를 보진 못했다. 12성 중 9성을 익힌 게 전부. 이 역시 마검사의 한계라고 보았다.

지금이라면 6성까진 펼쳐 낼 수 있을 것이다.

놀 치프를 상대하는 데 6성이면 차고 넘쳤다.

동시에…… 내 신체가 흐릿해졌다. 마치 환영처럼 나는 빠르게 가속하였다. 공격과 빠르기만을 중점에 둔 이 검법은 단순한 검법이 아니다. 모든 신체의 활용을 담은 진정한 '무학(武學)'이었다.

숨을 쉬는 순간, 심장의 떨림, 뼈와 피부의 흔들림과 작은 진동까지 감지하여 내 주변 '공간'을 나만의 것으로 만드는 것. 지금, 놀 치프는 내 공간에 장악당했다.

내 호흡과 놀 치프의 호흡, 심장박동 등을 동화시켜 녀석이 나를 인지하지 못하도록 만들었다.

그리고 그 순간, 나는 녀석의 품으로 파고들었다.

촤악!

피가 튀었다. 그대로 머리통 하나가 하늘을 날았다.

나는 거기서 멈추지 않았다. 부서진 검을 다시금 형상화하여 놀들을 무차별하게 학살했다. 내 공간에 들어선 이상 놀들의 생사는 나의 결정에 갈렸다.

"아라타움! 아라타움!"

놀 샤먼이 주술의 불꽃을 마구잡이로 날렸다. 하지만 폭발하지 못한다. 나는 검을 들어 불꽃을 갈랐다. 정확히 두 쪽으로 갈린 불이 힘을 잃고 소멸하자 놀 샤먼이 주춤거리며 뒤로 물러났다.

'속전속결.'

나 자신과 상대방의 모든 것을 장악하고 조종하는 일이기에 심력과 체력의 소모가 너무나 컸다. 제한 시간이 지나기도 전에 쓰러질 가능성조차 있었다.

나는 냉철하게 주변을 살피고 놀 샤먼을 향해 달려들었다. 주변의 놀들이 막아섰으나 놀 따위가 지금의 나를 막아설 순 없었다.

['냉혈' 의 레벨이 1→2로 상승합니다.]
-피로 만든 형상의 지속 시간과 파괴력 등이 소폭 상승합니다.
[스킬란에 '탈혼무정검(6성)' 이 생성되었습니다.]

눈앞에 떠오른 글자도 보이지 않았다.

오로지 베고, 베고, 또 벴다.

무아지경.

스아악!

나는 제한 시간이 끝나기 전에 놀 샤먼의 머리를 날릴 수 있었다.

자신을 지배하던 놀 샤먼이 사라지자, 남았던 수백의 놀이 자리에서 흩어져 도망가기 시작했다.

[전투가 종료되었습니다.]

[5,600pt를 획득했습니다.]

[칭호 '무자비한 놀 학살자(3Lv)'가 '놀 궤멸자(5Lv)'로 승급했습니다.]

"허억! 허억!"

피로 만든 모든 형상이 무너지며 평범한 피가 되어 바닥에 고였다.

나는 양쪽 무릎을 꿇고 험악하게 숨을 내쉬었다.

"허! 짐은 감탄했도다. 내가 빌려준 힘을 마치 자신의 것처럼 다루는구나. 칭찬해 주마."

요르문간드가 다가왔다.

자신의 칭찬이 마치 대단한 것이라도 되는 듯한 행동이었다.

하기야 세계를 집어삼킨 그 존재가 맞는다면 썩 기분이 나쁘진 않았다.

그 옆으로 시리아가 조심스럽게 자리했다.

그녀는 바로 치료를 시작했다. 자잘하게 입었던 상처들이 회복되어 갔지만, 소모된 심력과 체력만큼은 어쩔 수가 없었다.

시리아는 입을 꾹 다물었다. 그녀는 분명히 공포를 느끼고 있었다. 내가 보인 모습은 지옥 마귀와 다를 바가 없었기 때문이다.

"가여운 것. 그래도 가상하구나. 그의 힘을 평범한 인간 따위가 받아들이긴 힘들진대."

요르문간드가 시리아를 향해 말했다.

나는 어렵사리 자리에서 일어났다.

"사람들이…… 잡혀 있다. 놀 샤먼이 그들을 가두어뒀다. 가서 구해야 한다."

놀 샤먼을 죽이며 놈의 기억을 엿볼 수 있었다.

그들만의 의식을 위해 민식이와 중국인 남매를 놀 샤먼이 산 채로 가둬두었다.

다행히 먼 곳에 있지는 않았다. 기껏 해야 이곳에서 5분 거리.

하지만 의식이 날아가기 직전이었다.

시점이 멀어지고 머릿속이 이내 하얗게 변했다.

"뒤를 부탁……."

시리아를 바라보며 겨우 말했다.

다른 사람은 몰라도 그녀라면 믿을 수 있었다.

"한성 님? 한성 님!"

시리아의 다급해하는 목소리를 마지막으로, 나는 정신을 놓았다.

['강제 각성'의 제한 시간이 종료되었습니다.]

['강제 수면' 상태에 들어갑니다. 240시간 동안 지속됩니다.]

['전이(???)'가 발동되었습니다.]

"네가 할 줄 아는 것이라곤 '보는 것'뿐이로구나. 어찌 '태양왕'의 자식 중에 너와 같은 팔푼이가 태어났을까?"

"태양왕의 이름을 이을 수 있는 자는 한 명뿐이다. 죽이고, 죽여라! 그러지 못하겠다면……."

"우리엘, 너는 나약한 겁쟁이다. 내 손에 피를 묻힐 필요도 없겠군. 영원히 겁에 질려 살아가라. 오로지 너만을 살려두는 이유는 내 스스로가 '나태'해지지 않기 위함이니."

"딸 하나를 얻었다지? 스스로 태반을 갉아 먹고 어미의 목숨마저 빼앗은 딸이라! 새로 왕위에 오른 태양왕께서 너의 딸을 눈독들이셨다. 태양왕께 보내면 너의 안전은 보장될 것이다."

어지럽다. 구토가 나올 것 같았다.

뭐지? 난생처음 보는 광경이 눈앞에 펼쳐지고 있었다.

분명히 천지인(天地人)의 권능이다. 하지만 여태껏 겪었던 것과는 분명히 달랐다.

나는 동화하고 있었다. 꿈과 같이 눈앞에 펼쳐진 '기억'들에 삼켜지는 중이었다.

이 정도로 거대한 성을 나는 본 적이 없었다.

심연 속의 강력한 괴물들이 죄다 모여 있는 것만 같았다.

태양왕. 심연이 생겨날 때부터 심연을 지배하던 4명의 절대자 중 하나.

그의 울타리를 넘어 한 남자가 성을 벗어났다.

우리엘…… 우리엘 디아블로. 그가 디아블로의 이름을 얻기 전의 기억.

"나는 약자다. 그러니 나보다 약한 자를 잡아먹으며 강해지리라."

다행히 우리엘은 꿰뚫어볼 수 있는 힘을 지녔다. 그만이 지닌 특별한 힘. 자신을 제외한 모두가 이 힘의 제대로 된 사용에 대해 모른다. 의도적으로 감췄기 때문이다.

우리엘은 자신보다 약한 자를 정확하게 알아내고 사냥했다. 그리하여 오랜 시간 조금씩, 조금씩 강해져 갔다.

시간이 지나자 그는 심연에서도 이름을 날렸다.

"라이라, 심연은 오로지 강자만이 살아남을 수 있는 장소다. 너는 나와 달리 수많은 가능성을 가졌으니 결코 포기하지 마라."

"네! 아버지, 강해질게요."

"드디어 '위대한 별'이 떠올랐다. 별을 쟁취하면 진정한 신이 될 수 있지. 그 기회를 오로지 선별된 72명에게만 준다고 한다."

"저도 소문을 들었어요. 4명의 지배자도 자신의 충신들을 참가시킨다고 하더군요. 태양왕, 지옥왕, 천왕과 사자왕까지…… 왜 본인들은 참가하지 않는 걸까요?"

"신을 지배하는 진정한 신이 되고 싶은 거다. 오만하지만 그럴 자격이 있는 자들이니."

"저희도 참가해요. 저는 아버지가 그 자격에 미달될 것이라 생각하지 않아요."

둘은 도전했다.

억이 넘어가는 괴물이 72명의 명단에 들고자 서로 죽이고 죽였다.

우리엘도 이번엔 피하지 않았다. 자신의 꿰뚫는 눈의 힘을 빌려 차근차근 정상까지 도달했다.

그렇게 수백, 수천 일을 내리 싸우자 '목소리'가 들렸다.

"이제부터 너는 우리엘 디아블로다. 지배자의 권능이 너를 보다 완전하게 만들어주리라."

강력하기 짝이 없는 존재였다. 목소리만 들어도 알 것 같았다.

하지만 우리엘은 무릎 꿇지 않았다. 다른 괴물들의 신을 접하고 권능을 이어받았을 때 우리엘만은 이를 악물며 하늘을 바라봤다.

자신은 더 이상 예전의 약자가 아니었기에.

그렇게 믿고 싶었기에…….

"너의 그 불손함이 부디 승리로 이어지길 바라마."

디아블로의 목소리가 걷혔다.

동시에 우리엘 디아블로는 긴 잠에 빠졌다.

다른 데몬로드들도 마찬가지였다.

하지만…… 그는 유독 긴 잠을 잤다.

그리고 다시 깨어났을 때, 우리엘 디아블로는 내가 되었다.

무거운 몸을 들어 일으켰다.

굉장한 꿈을 꾼 기분이었다. 하지만 나는 곧장 현실을 인지할 수 있었다.

꿈이 아니라 '우리엘 디아블로'가 가진 기억이었노라고.

그리고 나는 다시 그의 몸으로 돌아오게 된 것이라고.

['전이'가 480시간 동안 유지됩니다.]

심연에서의 이틀이 현실의 하루다. 요르문간드로 인해 각성하며 240시간의 강제 수면에 빠졌다. 그때 전이가 발동한 모양이었다.

내가 본능적으로 사용한 것인지, 아니면 우리엘 디아블로의 이 신체가 나를 부른 것인지는 모르겠지만, 어쨌든 나는 다시 심연으로 돌아왔다.

'탑.'

떠올린다. 나는 첨탑에 올랐다. '거신'을 발견하곤, 놈을 향해 뛰어들었다가 시간이 만료돼 돌아가고 말았다.

여긴 어디지?

'여전히 탑의 정상이로군.'

다행히 움직이지 않았다.

내가 전이하지 않으면 이 몸은 그대로 멈춰 버리는 듯싶었다.

'몸 상태가 말이 아니야.'

기력이 하나도 없었다. 나는 전신을 살피곤 눈썹을 찌푸렸다.

'내가 입었던 상처가…… 그대로 있다?'

놀 샤먼과 싸우며 다친 상처 대부분은 시리아가 치료했지만, 그렇지 않은 상처들이 그 위치 그대로 우리엘 디아블로의 몸에 남아 있었다.

이 현상이 뜻하는 바는 명확했다.

'설마 진짜 내 몸과 우리엘 디아블로의 몸이 서로 영향을 끼치는 건가?'

덜컥 심장이 내려앉는 것 같았다.

상처를 공유한다면, 죽음마저도 공유한다는 것일는지.

이 정도면 단순한 동화가 아니다.

그렇다면…….

'내가 우리엘 디아블로고, 우리엘 디아블로가 나다.'

놈의 기억을 엿봤기 때문인지 그런 생각이 더 강하게 들었다.

그리고 우리엘 디아블로의 몸에서 생긴 상처도 똑같이 적용이 된다면, 정말 천운이었다.

이 몸이 거신에게 향하며 죽었다면 현실의 나도 죽었을 것이고, 그 전에 이 몸으로 깽판을 치며 산화했어도 똑같은 결과였을 것이었다.

'조심해야겠군.'

일단 조심하자는 결론만 내렸다. 아직 다른 걸 판단하기엔 시기상조였으니.

나는 시선을 돌렸다.

거신도 여전히 그 자리에 있었다.

손을 뻗자 손가락이 튕겨 나갔다. 여전히 가까이 다가갈 순 없는 것 같았다.

"넌 뭐지?"

옆에서 들려온 목소리.

나는 고개를 돌리곤 내심 침음을 내뱉었다.

안달톤 브뤼시엘!

그러고 보니 이 녀석도 있었다. 거신을 향해 무작정 돌격했던 또 다른 멍청이가.

"계속 나를 지켜보고 있었던 건가?"

"자살하려는 데몬로드는 처음 보아서 말이다."

이전에는 나를 향해 한마디도 내뱉지 않았던 게 안달톤 브뤼시엘이었다.

브뤼시엘, 최고 악신의 이름을 이은 데몬로드. 우리엘이 디아블로의 이름을 이었대도 자신과 '격'이 안 맞는다고 생각했을 것이다.

실제로 그가 끌고 온 괴물 군단은 살이 떨릴 지경이었다.

'그렇다고 100일 가까이를 기다리나?'

의문이었다. 내가 현실에서 보낸 시간을 감안하면 지금 심연에선 100일 가까이가 지났을 것이었다.

그런데 그 시간 동안 이 자리에서 가만히 나를 지켜만 봤다고?

'괴짜.'

정상적인 놈은 아니었다.

그러고 보면 안달톤 브뤼시엘은 어디에도 속하지 않은 데몬로드 중 하나였다. 우리엘의 기억이 정확하다면 말이다.

아니, 그 전에 100일 가까이를 안 움직이면 다른 조치를 취해야 하는 게 정상 아니었을까?

"그래서 내가 닿지 못했던 장소까지 들어간 건지, 그것이 궁금했다."

안달톤 브뤼시엘. 그의 말을 듣고 다시 주변을 살폈다.

그러고 보니…… 지금 내가 있는 장소는 거신과 코 닿을 정도로 가까운 장소다. 그는 이곳에 한참 못 미치는 장소에서 번번이 막히곤 했다.

"글쎄. 위대한 별이 나를 더 적임자로 봤을지도 모르겠군."

안달톤 브뤼시엘이 이맛살을 구겼다.

그런데 저 비슷한 인상을 어디선가 본 것 같았다.

'아…… 그때였구나.'

to be continued